Marcas da Fé

Um homem construído pelos sonhos

RICARDO MAGALHÃES

MARCAS DA FÉ

Inovação

Direção Geral: Ricardo Magalhães
Projeto gráfico: INOVAÇÃO PROJETOS EDITORIAIS
Preparação do projeto e texto: Equipe Especialista em Gente
Foto do autor: George Patrão
Revisão: Ricardo Franzin

FICHA CATALOGRÁFICA ELABORADA SEGUNDO O MANUAL DO EDITOR
(TABELA DE ASSUNTOS) DA FUNDAÇÃO BIBLIOTECA NACIONAL (BN)

Magalhães, Ricardo
Marcas da Fé : Um homem construído pelos sonhos / Ricardo Magalhães – São Paulo: Inovação Projetos Editoriais, 2012

ISBN 978-85-86682-52-0

I. Título. Marcas da Fé
II. Título: Um homem construído pelos sonhos.

00-800 CDD-808.3

Índices para catálogo sistemático:
1. Romance : Romance brasileiro 808.3
2. Literatura : Romance : História do Brasil 800.0
3. Espiritualidade : Percepção extra-sensorial 133

Inovação

INOVAÇÃO PROJETOS EDITORIAIS
www.ricardomagalhaes.net
contato@ricardomagalhaes.net

SUMÁRIO

APRESENTAÇÃO

Certa vez, alguém perguntou à *Madre Teresa de Calcutá*:
— Qual é a força mais potente do universo?
— A fé! — respondeu ela sem hesitar.

Quando tomei conhecimento da história de vida desse personagem brasileiríssimo, Antonio de muitos Sousas e de tantos Ramalhos, de milhares de Joãos e Josés, de Pedros e Severinos, de Franciscos e Luizes — e por aí vai canteiro afora —, esses obreiros que constroem e edificam a história do Brasil, com luta, suor e o próprio sangue, fiquei impressionado e ao mesmo tempo comprometido de contar, em formato romanceado, as marcas que a fé produz em todos aqueles que acreditam em seus sonhos, tornando-os verdadeiros caminhos de esperança e de luta, de confiança e de determinação, mas, sobretudo, de conquistas em prol de uma sociedade mais fraterna e mais justa. Ramalho, depois de muito sofrimento, trava uma luta contra a injustiça praticada por aqueles que detêm o poder, e sofre, na própria pele, as consequências do descaso com a sua classe de bravos soldados da construção civil.

Do Sitio Paixão, no sertão da Paraíba, à São Paulo dos imigrantes, de São Paulo de todos os povos para o mundo de todas as raças, ele vai lutando e construindo sem tempo para terminar.

Quem é esse Antonio de tantos sonhos, esse Ramalho de tantas construções?

Quem são seus opositores, que o fazem sentir o peso da dor, embora sua fé lhe garanta a força da temperança?

Neste romance, o Ramalho é muito mais do que um lutador pela causa dos menos favorecidos no universo da construção. É um representante de cada brasileiro, de cada ser humano que acredita e luta, dia após dia.

Marcas da fé é um livro que nos mostra as condições de uma fé viva, de uma fé capaz de fazer estremecer os mais duros oponentes de nossa existência.

Vencer a barreira dos obstáculos, superar dores e dissabores sem ter que fugir dos embates, sem macular a própria imagem, isso é tarefa de bem poucos.

Crer é poder – mas querer é realizar.

Sonhar com fé e transformar a fé em obras é o mesmo que plantar em terreno fértil, capaz de produzir bons frutos, gerando condições de superar as próprias deficiências na construção de um mundo cada vez melhor.

RICARDO MAGALHÃES
Inverno de 2012

1

Portas que se abrem...

> "Perguntou-lhes, então: Onde está a vossa fé? Eles, cheios de respeito e de profunda admiração, diziam uns aos outros: Quem é este, a quem os ventos e o mar obedecem?"
> (Lucas 8:25)

Já se passavam das quatro horas da madrugada. O céu ainda estava escuro. A cidade, aos poucos, ia amanhecendo sob forte nevoeiro. Outono de 1978.

O frio intenso, agravado pelo vento gelado, castigava a maior cidade do país, conhecida em decorrência de composições musicais, como "São Paulo da garoa".

O Brasil tinha no comando o regime militar. Apesar de todas as contrariedades advindas desse sistema de governar, o país vivia um momento importante no desenvolvimento econômico e a construção civil avançava significativamente na capital paulista.

O sábado estava quase amanhecendo. O vento, de quando em quando, fazia vibrar a ponta da lona de um barraco armado dentro de um canteiro de obras, entre as Ruas Maranhão e Itacolomy, no bairro de Higienópolis. Vez por outra, ouviam-se alguns automóveis que passavam ao longe. Por um momento tudo ficou inanimado. Apesar da lona do barraco estar presa por pinos no chão e bem esticada, um rato tentava entrar. O ruído fez com que o homem, que dormia sobre alguns sacos de cimento espalhados pelo chão dentro do barraco, abrisse os olhos lentamente. Imóvel, observou a tentativa do pequeno intruso por alguns instantes.

Profundos pensamentos, de indagação e tristeza, transitavam na mente daquele homem que ainda não completara três décadas de vida. Já havia alguns dias que morava naquele barraco improvisado em um canteiro de obras da construtora para a qual trabalhava como encarregado. Naquela manhã, após uma noite praticamente sem dormir em razão das preocupações que assolavam o seu juízo, questionava-se indignado: "Por que tudo aquilo não podia ser um pesadelo?!".

Havia pouco mais de um ano que ele tinha perdido a sua pobre mãe por conta de uma doença grave. Usou suas poucas economias em um longo tratamento, que não os poupou nem do sofrimento nem da dor. Esse triste período de sua vida o deixara profundamente abatido.

No dia anterior àquele sábado, soubera que o seu salário estava bloqueado pela Justiça pelos próximos quatro meses, até o dia da audiência, em razão da separação conjugal, para pagamento da pensão alimentícia dos dois filhos e seus encargos.

A perda maternal inesperada e sofrida, o afastamento da família, a solidão e a situação de penúria e sub-humana causaram terríveis sensações à sua alma.

O jovem operário, ainda deitado, olhava sem interesse e sem espanto o pequeno roedor que tentava romper a barreira da lona de seu barraco quando, repentinamente, bateu com a mão em um dos sacos de cimento. Imediatamente o rato fugiu. Ouviu a corrida desesperada do bicho por entre algumas estacas de madeira. O pó do cimento se espalhou por dentro do barraco. Ele tossiu, abanando-se com as mãos.

Por mais alguns minutos, ficou parado olhando fixamente para o teto do barraco com pensamentos distantes. De repente, ouviu passos vindos em sua direção.

– Ramalho? Ó, Ramalho... Já acordou? – perguntou a voz do lado de fora, ao mesmo tempo em que passava a mão sobre a lona, fazendo-a vibrar.

O homem dentro do barraco de lona tinha a pele alva, olhos claros e traços marcantes. Sua estatura era mediana. Sentou-se, vagarosamente. Passou as mãos no rosto e o esfregou por várias vezes.

– Estou acordado, sim, Isaías. – respondeu desanimado, enquanto observava o vulto do colega pelo reflexo através da lona.

– Esqueceu que hoje é sábado?

– Claro que não... Mas o que tem isso?

– O que tem isso? Ah, o que tem é que você precisa sair desse buraco e andar por aí. Quem sabe você se anima e melhora essa cara de quem perdeu tudo...

– É? E não perdi, não?!

– O que é isso, homem! Que perdeu o quê?! Até podemos perder tudo, sim, isso pode acontecer a qualquer um, mas só não podemos perder a vontade de viver e de recomeçar.

– Falar é fácil, Isaías. Quero ver é o camarada ficar assim, feito jumento sem pai, como eu estou aqui.

– Ramalho, Ramalho... – concluiu o amigo, balançando a cabeça negativamente.

– Sai daí, homem. Vem cá tomar um café!

— Estou saindo — respondeu secamente. Ele já tinha sentido o cheiro do café.

Isaías foi se afastando, enquanto Ramalho saía do barraco se batendo todo com as mãos pelo corpo, levantando poeira à sua volta.

Ele parou, passou as mãos novamente no rosto, tirou do bolso de trás da calça um pente e passou nos cabelos. Fitou demoradamente a construção, quando avistou ao longe o amigo.

Aquele canteiro de obras media aproximadamente 50 metros de largura por 130 metros de comprimento. Tinha uma construção em andamento de seis andares de 20 metros de largura por 20 metros de comprimento, e, em volta, o terreno em chão batido sob uma camada de cascalho. Havia uma pequena casa pré-montada que servia de escritório, e foi onde Isaías fez o café.

Isaías era o mestre de obras e já tinha passado dos quarenta aniversários. Homem alto, magro, de pele morena. Seu rosto era fino e o nariz, bem afilado.

A claridade do amanhecer naquele momento já era total. O tempo tinha amanhecido fechado e, como se não bastasse o frio intenso, a chuva fina era um dos grandes obstáculos para todos que viviam na maior metrópole brasileira.

Já havia passado vários dias sem comer direito

e sem dinheiro para o próprio sustento. Apesar de ser um homem obstinado, Ramalho, um paraibano de Conceição do Piancó – terra distante da capital paulista –, começou a ocultar uma ideia desatinada.

"Que diabo de vida é essa minha que não tenho nem uma casa pra morar, nem comida para comer?!" – questionava-se indignado. Pensamentos ruidosos surgiam a todo instante em sua mente. Queria acabar com aquela angústia que se desenrolava há vários dias e parecia não ter fim. Pensava, pensava e não encontrava uma solução. Começou a acreditar que só com a morte poderia ter "sossego".

– Não me diga que veio aqui só para fazer o café? – perguntou Ramalho, brincando com o amigo.

– Vim mesmo para buscar algumas ferramentas de que estou precisando para ajeitar umas coisas lá de casa. Aí, vejo você assim, enfiado nesse barraco... – concluiu Isaías, ao mesmo tempo em que colocava o café no copo.

Ramalho pegou o copo de café e o tomou em pequenos goles, enquanto observava o amigo.

– Você tem dinheiro no bolso? – questionou repentinamente Isaías, comovido.

O jovem amigo continuou tomando o café em silêncio.

– Eu perguntei se você tem dinheiro no bolso.

Ramalho terminou o café e colocou o copo sobre a mesa. Refletiu e questionou:

– Por que quer saber?

Isaías repuxa os lábios com um sorriso amarelo.

– Por quê? Ora, por quê... Tudo você pergunta: por quê? Faz tempo que venho percebendo que está com dificuldades. Sei que a coisa está feia pra você.

– Bom, a conversa tá boa, o café também, mas acho que vou seguir o seu conselho. Vou andar um pouco e sumir daqui – respondeu o amigo.

Isaías percebeu que a conversa ficaria mais difícil e concluiu:

– Quem anda seus males espanta...

– Não é quem *canta* seus males espanta? – quis corrigir Ramalho.

– Sim, é verdade. Mas quem anda também.

– É? Então vamos ver. Eu estou indo agora – e foi saindo.

Destino ignorado. Caminharia sem rumo.

O céu acinzentado, o frio de quase seis graus e a fome já tinham até sido esquecidos. Agora, eram os pensamentos que continuavam a lhe roubar o raciocínio. Caminhava a passos lentos, quase parando. Seus olhos percorriam tristonhos o horizonte, buscando algo que o salvasse. Tentava manter o pensamento em alguma solução. Parecia impossível. E, como em lampejo, lembrou-se das palavras sagradas:

"Onde está a vossa fé?" "Ah, não sei, não sei...". — respondia para si, no mesmo instante em que clamava: "Por favor, Senhor Jesus, diga-me por onde anda a minha fé".

Já havia caminhado cerca de três ou, talvez, quatro quilômetros. Perdera a noção de tempo e espaço. De repente, olhou para o céu e ele continuava acinzentado; sentiu frio e a barriga lembrou-lhe a fome.

Era um homem tímido e talvez não tivesse coragem de pedir nada a ninguém.

"Acho que não tenho mais saída... Vou ter que acabar logo com essa agonia. Só um milagre pode me livrar dessa enrascada. E milagre é coisa que precisamos merecer"— pensava o jovem operário.

Lembranças dos tempos de menino em Cachoeirinha, lugarejo próximo ao Sítio Paixão onde nasceu, de quando em quando surgiam-lhe à mente: a mãe, os irmãos... Lamentava não ter outra imagem do rosto de sua mãe, a não ser, a dos últimos dias de sua vida. Esforçava-se para recordar o rosto dela, mas era em vão. "Ah, se eu pudesse voltar no tempo..." — pensava o pobre operário.

Os passos eram cada vez mais lentos, pesados. A praça que abriga o marco zero da cidade de São Paulo surge à sua frente e, juntamente com ela, pessoas que ali permaneciam praticamente o dia inteiro, dia após dia. Umas, exibindo o próprio corpo em busca de clientes para a prostituição; outras, usando suas habilidades manuais para engraxar os sapatos dos que por ali passavam. Um misto de luta e sofrimento. Ele para. Por um momento, seus olhos percorrem ligeiros a Catedral da Sé, do outro lado da praça. Ele faz o sinal da cruz e volta-se, quando se depara com uma pequena igreja na mesma calcada na qual estava. Sente algo estranho, e um arrepio o percorre dos pés à cabeça. Só agora percebera aquela pequena igreja. Novamente ele repete o gesto respeitoso.

Instantes depois, sem sair do lugar, observou um homem sentado em uma cadeira de engraxate a poucos metros. Lia um jornal que trazia a notícia de capa: "Diretas e Constituintes". A matéria se tratava dos *desistentes do 5º Congresso Nacional dos Trabalhadores na Indústria – representando 33 sindicatos e uma federação que tinha como base 1,1 milhão de trabalhadores nas regiões mais desenvolvidas do país*.

Rapidamente olhou para os próprios sapatos, um tanto quanto gastos e com alguns respingos de cimento ressecados. Levantou lentamente a cabeça e continuou observando o engraxate em seus movimentos sincronizados. Apesar do vaivém dos carros e suas buzinas, escutava com admiração o estalar da flanela em seu movimento característico, buscando realçar o brilho esperado pelo cliente. Ele retoma os pensamentos novamente e lembra-se dos próprios sonhos, sonhos de uma vida melhor, sonhos de voltar um dia para a sua terra natal e ajudar os seus familiares e seus conterrâneos; sonhos por um país melhor, mais justo, firme pelos interesses dos operários, onde a sua contribuição seria decisiva. Gostava da política, por aquilo que ela poderia oferecer aos que eram esquecidos pelos patrões, como ele mesmo sentia na própria pele. No entanto, sentia-se totalmente frustrado, decepcionado com a vida e os sonhos quase impossíveis de se realizar.

"Sonhos... São só sonhos o que eu tenho, nada mais. Sonhos são sonhos, e isso não resolve coisa alguma, pelo que estou vendo... Coisa alguma. O que um camarada como eu espera desse mundão só com sonhos? Nada! O jeito mesmo é acabar com isso. Pelo menos, não vou ficar assim..." – pensava desorientado. Pareciam intermináveis os pensamentos ruins de Ramalho.

Mas eis que, antes que pudesse se movimentar, de súbito alguém toca-lhe o ombro. Ele deixou escapar o susto que sentiu. Uma jovem mulher, aparentando a mesma idade de Ramalho, de semblante sereno, traços marcantes e corpo esbelto, sorriu percebendo o espanto que causara.

— Por favor, queira me desculpar. Eu não quis assustá-lo... Eu estava passando e senti vontade de falar com você. Você está indo para casa?

Ele pensou por um instante, depois outro e questionou atônico:

— Eu?

— Sim. Você mesmo.

— Bem, eu ia... — disse sem jeito.

Espantado com aquela abordagem estranha e repentina, Ramalho fez uma pausa longa e novamente refletiu, enquanto a mulher de cabelos castanhos e longos, de olhos profundamente vivazes, o aguardava serenamente.

— Eu estava indo para casa, sim. Mas, por que quer saber? — perguntou incomodado e com as maçãs do rosto coradas.

Ela sorriu suavemente. Seu sorriso era meigo e seguro.

— Desculpe-me! Permita que eu me apresente. Meu nome é Conceição. E o seu?

Ele refletiu como quem faz perguntas a si mesmo e respondeu:

– Antonio.

– Antonio?

– Sim, Antonio.

– Antonio é um nome muito bom – disse ela balançando a cabeça positivamente.

Ele refletiu por uns instantes e, envolvido pela voz agradável de Conceição, revelou:

– É Antonio, mas o pessoal me chama de Ramalho.

– Ah, Antonio Ramalho. Seu nome é bom e bem forte também.

– É?

– Tenha certeza!

Ele reflete novamente e mais envolvido, agradece.

– Obrigado. Na verdade, meu nome é Antonio de Sousa Ramalho – completou resoluto, enquanto olhava em derredor, observando as mesmas mulheres na praça, nos lugares de antes. Encarou novamente Conceição, indagando-se: "Meu Deus, de onde surgiu essa mulher? Perdoe-me, Senhor, mas será que ela é uma dessas aí e está pensando que vou sair com ela?"

– Então, onde você mora? – retomou Conceição.

Ramalho, quase sem ação, mas movido por uma força que desconhecia, respondeu:

— Higienópolis...

— Nossa! Que coincidência?! Trabalho lá perto. Sou governanta de uma família que mora ali.

Um silêncio se fez presente.

— A propósito, você acredita em coincidência? — perguntou, suavemente, Conceição.

Ele refletiu por alguns instantes.

— Nunca pensei nisso — respondeu displicente.

— Pois eu tenho certeza de que o acaso não existe — arrematou a mulher, com determinação.

Ele refletiu novamente e questionou:

— Então, por que você disse "que coincidência, trabalho lá perto"?

— Ora, é força de expressão — respondeu ela, com um sorriso sereno. — Na verdade, não estamos aqui por simples capricho do destino, se é que posso falar assim. Vivemos sob o olhar divino e nada ocorre por acaso, havendo uma finalidade para tudo que há no Universo. Entendeu? — perguntou, sem esperar a resposta e envolta pelo mesmo sorriso iluminado.

Ramalho continuava ouvindo, agora com mais atenção, sob um forte envolvimento que ele mesmo não entendia.

E assim foram dando os primeiros passos em direção a Higienópolis.

Durante o trajeto, a conversa fluiu agradavelmente, entre assuntos que fizeram Ramalho repensar em tudo que lhe estava acontecendo.

– Veja, Antonio, como eu ia lhe dizendo, a Lei de Causa e Efeito procura explicar os acontecimentos da vida, atribuindo um "motivo justo" e uma "finalidade proveitosa" para todos os acontecimentos com que se deparam as pessoas, inclusive o próprio sofrimento. Isso quer dizer que somos seres que recebemos pela Justiça de Deus, novas oportunidades para nos reajustarmos. Em outras palavras: o plantio é livre, mas a colheita é obrigatória em todos os tempos da evolução humana – concluiu Conceição com fervor.

A essa altura da conversa, Ramalho já estava totalmente receptivo aos conceitos morais e filosóficos de vida daquela mulher que lhe apareceu assim, como em um passe de mágica, como ele mesmo diria, por "milagre" de Deus. Embora ele não acreditasse que o merecesse.

Já estavam próximo do canteiro de obras quando ele resolveu fazer uma pergunta que lhe rondava a mente há muito tempo.

– Quer dizer que existe vida após a morte e

transferimos para o Além, como se diz, aquilo que fizermos de bom ou de mau?

Conceição sorriu com tranquilidade e respondeu carinhosamente:

— Isso mesmo, Antonio. Você entendeu bem o conceito. Não adianta, por exemplo, uma pessoa dar um tiro no peito, acabando com a própria vida, pensando que estará se livrando dos problemas que a afligem.

Um calafrio envolveu Ramalho. Suas mãos, calejadas pelo trabalho duro, começaram a suar.

— E não se livra, não? — perguntou, decepcionado consigo mesmo.

— Evidentemente que não! — respondeu ela, com ternura na voz. — É um triste engano, amigo! A coisa fica ainda pior. Além de ser uma covardia, é pura ingratidão para com Deus. E isso, Antonio, pode custar séculos e séculos de sofrimento e dor nas sombras da loucura.

Aquelas explicações contundentes e racionais bateram como um martelo sobre um pedaço de vidro. Agora, os pensamentos de Ramalho eram outros. Totalmente diferentes.

— Nada justifica a revolta, tampouco o suicídio. Nada! — concluiu Conceição, com serenidade.

Pararam em determinado ponto da Avenida

Higienópolis, e Ramalho anotou o telefone de Conceição e seu endereço para um novo contato. Despediram-se carinhosamente e se foram.

2

Socorro do Céu

"Existem mais coisas entre o Céu e a Terra
do que supõe a nossa vã filosofia."
William Shakespeare

Ramalho, ao entrar no canteiro de obras, estava sendo aguardado pelo porteiro, que o informou:

– Ramalho, esteve aqui por várias vezes um senhor à sua procura.

– Não deixou o nome?

– Eu perguntei, mas ele não quis dizer, alegando que voltaria até encontrá-lo. Achei estranho, mas foi o que aconteceu.

Assim que terminou de receber o recado, o tal homem surgiu no portão e o chamou. Aparentando meia-idade, tinha os cabelos grisalhos e a pele alva; trajava um terno escuro, bem cortado. Seu semblante era tranquilo, mas os olhos, inquietos.

— Ramalho! — gritou o desconhecido, como se já o conhecesse. O jovem operário foi se aproximando, enquanto o homem continuou:

— Tudo bem com você? — cumprimentou rapidamente. Ramalho ameaçou responder, mas foi interrompido.

— Eu tenho uma casa aqui perto, no Pacaembu, e ela precisa de reparos urgentes para que eu e minha família possamos nos mudar. Minha mulher chegará de viagem na segunda-feira e a casa deve estar pronta até lá, entendeu? Você sabe como são as mulheres... — concluiu, querendo fazer graça.

Ramalho não teve tempo de dizer coisa alguma. Intrigado e surpreso com aquela abordagem que misteriosamente parecia se repetir, ficou pensativo. Nunca tinha visto aquele senhor e ele o tratou como se já o conhecesse.

— Desculpe-me, mas o senhor me conhece de onde?

— Ah, sim, eu posso explicar. Foi o seu patrão que o descreveu, e com tanta exatidão que foi fácil reconhecê-lo. Logo que o avistei, tive certeza de que era você.

— Certo... — disse Ramalho, meio sem jeito e lembrando-se da conversa que teve com Conceição.

Era uma indicação para um "bico", como se costuma dizer, e chegava na hora certa. Ele viu diante dele a possibilidade de ganhar algum dinheiro e poder, enfim, se alimentar dignamente.

"Conceição afirmou que não existem coincidências, porque tudo tem uma razão de ser, então, isso só pode ser obra de Deus", refletiu mentalmente. "Mas Deus deve ter ficado é com 'pena' de mim", concluiu, rindo de si mesmo.

– Falei alguma coisa engraçada? – perguntou o homem, sem entender o sorriso repentino.

– Não! Claro que não. Desculpe-me, é que eu estava rindo de mim mesmo.

– Ah, entendo. Mas seja lá o que o tenha feito rir de si mesmo, além de bem à alma, deve também fazer bem ao coração, não é mesmo?

E concluiu com um sorriso tranquilo:

– Quem ri seus males espanta.

Ramalho tomou um susto.

– Nossa! Hoje, bem cedo, meu colega me disse isso, só que de maneira diferente.

– É? Como assim?

– Ele disse: "Quem 'anda' seus males espanta".

– Que coisa! – retalhou o homem, admirado.

– Pois é. Foi então que eu expliquei para ele que o certo era: "Quem 'canta' seus males espanta", não é mesmo?

O homem de terno escuro e bem cortado deu um riso de meia-boca e disse:

— Mas quem 'ri' também seus males espanta, não acha?

O jovem Ramalho balançou a cabeça afirmativamente, achando tudo aquilo muito estranho, mas concordou.

— É verdade.

Um silêncio se estabeleceu, mas logo foi quebrado.

— O senhor ainda não me disse o seu nome — lembrou Ramalho.

— É verdade. Chamo-me Misit.

— Como? — perguntou, sem entender o que ouviu.

— Mi-si-t — repetiu o homem pausadamente.

— Nossa, não conhecia esse nome. Essa é a primeira vez que eu ouço.

— Pois é... É o meu nome.

— Sim, claro. Eu só ainda não tinha ouvido falar em alguém com esse nome — explicou Ramalho, um pouco sem jeito.

— Não tem problema, eu compreendo.

Mais um momento de silêncio surgiu e Ramalho ficou muito curioso com aquele nome, mas não se sentiu à vontade para fazer mais perguntas.

— A propósito, o meu nome está ligado à minha casa ou se completa nela. Depois você vai entender — informou, misteriosamente.

O jovem Ramalho ficou ainda mais curioso. "Quem era aquele homem?", pensava.

– E então, Ramalho, vai aceitar o desafio ou não? – questionou repentinamente o senhor Misit.

– Bem, se é uma indicação de meu patrão e eu puder reunir em tempo uns camaradas, então, vamos lá, eu aceito o desafio. Trabalho é comigo mesmo! – disse com a voz animada, enquanto agradecia a Deus mentalmente.

– Quero lembrá-lo de que preciso da casa pronta até segunda-feira. Você tem hoje e amanhã para fazer o serviço. Vamos até lá agora, e você já faz a lista do material. Eu mesmo vou providenciar para entregarem ainda hoje.

Ramalho escutava atentamente, quase sem acreditar que tantas coisas misteriosas tinham acontecido em um só dia.

– Bom, a conversa está boa, mas vamos indo. Não podemos perder mais tempo.

E, assim, foram saindo. Entraram no Opala Comodoro de cor azul do senhor Misit e seguiram rumo ao Pacaembu.

Ao chegarem, Ramalho desceu ansioso do carro e avistou a residência. Era uma casa térrea de cor amarela e com uma garagem em L. Só uma parte da garagem tinha cobertura de telhas de cimento amianto. Possuía uma janela grande na frente e mais três janelas na lateral, sendo duas grandes e uma pequena. Todas gradeadas. Havia uma porta principal na lateral e, sobre ela, as palavras gravadas em uma pequena placa de metal: *per Dei*. Ramalho as observou sem entender o significado, mas lembrando-se imediatamente do que disse o senhor Misit.

A casa apresentava algumas trincas nas paredes externas e a pintura estava muito gasta. O portão de entrada e as grades das janelas quase não tinham mais pintura. Notava-se mais o ferro do que a tinta branca. Dentro da casa havia três quartos, além dos demais cômodos, todos com a pintura muito ruim. Não havia lustres e a parte elétrica estava com problemas. Ramalho teria muito trabalho pela frente.

Após relacionar o material de que precisava, entregou ao senhor Misit, que saiu às compras, prometendo entregar tudo naquele mesmo dia.

Ramalho foi em seguida atrás do pessoal que já tinha em mente e o contratou. Eram seis profissionais no total. Não demorou mais que duas horas para o material ser entregue. Além dele, o senhor Misit trouxe um saco de pão e muita mortadela com refrigerante. Ramalho e seus ajudantes começaram o trabalho e comeram pão com mortadela até acabar o serviço.

No domingo, ao final da tarde, a casa estava pintada, com as paredes, portas e janelas todas restauradas e a parte elétrica funcionando. Enfim, tudo pronto.

— Parabéns, Ramalho! Vocês cumpriram o combinado — disse satisfeito o senhor Misit. Após pagar os seis homens e colocá-los em uma perua para levá-los de volta, o homem ficou sozinho com Ramalho para acertar a parte dele.

— Bom, Ramalho, quanto lhe devo? — perguntou entusiasmado.

O jovem operário pensou, pensou e disse:

— Sabe, senhor Misit... Refleti melhor e resolvi não cobrar nada. Afinal, fui indicado ao senhor por meu patrão, que é um homem que me ajudou muito e sei reconhecer o que fazem por mim.

— O que é isso, rapaz?! Isso não tem cabimento. Você trabalhou muito e me fez até economizar dinheiro — revelou com contentamento.

— Devo confessar: imaginei que você teria essa atitude, mas não é justo. Dessa forma, tome aqui algo que você fez por merecer — concluiu o senhor Misit, enquanto colocava um envelope branco no bolso do blazer de Ramalho.

— Vamos, vou levá-lo de volta para a obra.

Quando alcançaram o lado de fora e o senhor Misit fechava a porta, Ramalho fixou seu olhar nas palavras impressas na placa de metal sobre a porta: *per Dei*. E pensou:

"Meu Jesus, o que significa isso? Será que tem a ver com o nome estranho desse homem?". Sentiu vontade de perguntar, mas era demais envergonhado.

– Meu rapaz, você é um bom homem e muito inteligente – disse firmemente, com a mão sobre o ombro de Ramalho.

– Lembre-se sempre das palavras do maior de todos os filósofos: "Buscas e acharás"; "Bate à porta e ela abrir-vos-á"; "Pede e obtereis". Mas, jamais esqueça de que Ele também nos aconselhou: "Faz por ti que o Céu te ajudará". E isso você fez. Continue assim – e concluiu convicto:

– Vamos embora, a vida prossegue.

E assim foram saindo.

Quando Ramalho entrou no canteiro de obras, foi direto para o seu barraco de lona. Tirou do bolso o envelope branco e abriu. Havia uma folha de papel envolvendo o dinheiro. Nela estava escrito: *Misit per Dei*. Ele a desdobrou com cuidado e viu o dinheiro. Contou-o com grande ansiedade e, para sua surpresa, o valor era misteriosamente o mesmo dos quatro meses de trabalho que haviam sido bloqueados pela Justiça.

Ainda dentro do barraco, Ramalho orou com lágrimas nos olhos:

— Senhor Deus, obrigado por tudo! Perdoe-me por ter tido aqueles pensamentos ruins. Estou realmente arrependido e peço novas oportunidades de tempo e de serviço a fim de que eu possa, pelo trabalho firme, realizar meus sonhos e ajudar as pessoas em reconhecimento à Tua Bondade. Abençoa-me, Senhor, hoje e sempre. Assim seja!

Após a oração sentida e fervorosa, ele saiu em busca de uma boa alimentação. No dia seguinte, encontrou, na Rua Tupi, próximo da obra em que estava trabalhando, uma pensão e mudou-se para lá.

Após a mudança, Ramalho foi procurar o patrão para agradecer-lhe pelo serviço extra.

Para sua surpresa, o seu patrão não conhecia o senhor Misit e nunca tinha ouvido falar nele, muito menos o tinha indicado.

Ramalho ficou decepcionado e sem entender o que tinha acontecido. "Por que alguém tão distinto, correto e justo faria aquilo?", pensava indignado.

Após ouvir as recomendações de seu patrão sobre como proceder antes de aceitar um serviço, Ramalho resolveu ir até a casa do senhor Misit. O que ele não sabia é que ainda estava por vir a maior surpresa.

Quando chegou ao endereço, simplesmente não encontrou a casa e pensou:

"Será que eu confundi o número dela na rua? Pode ser que fique mais para cima...". Ao mesmo tempo em que pensava na possibilidade de um equívoco – entre dúvida e indignação –, tinha certeza de que não estava confundindo, era ali mesmo.

No entanto, ele andou de um lado para o outro da rua, para ter certeza absoluta de que não estava enganado. Porém, não teve sucesso. Ramalho não se conformou e, novamente, percorreu a mesma rua do começo ao fim. Realmente, a casa não estava lá. Procurou na vizinhança pelo senhor Misit e ninguém tinha sequer ouvido falar desse homem, tampouco conhecia uma casa amarela naquela rua.

"Meu Deus, o que está acontecendo? Como pode uma pessoa e uma casa sumirem assim, ou será que estou ficando maluco?", pensava Ramalho, inconformado.

Não satisfeito com a sua própria constatação, foi em busca dos colegas que trabalharam com ele naquela casa. Todos fizeram a mesma busca e tudo foi confirmado. Não havia mais dúvida, o que aconteceu era um verdadeiro mistério.

Ramalho, ainda inconformado com tudo aquilo, lembrou-se do nome do homem e das palavras gravadas na placa sobre a porta da casa, que, segundo ele, se completavam. Então, resolveu ir à

Biblioteca Municipal no centro da cidade para fazer a pesquisa. E o mais surpreendente foi descoberto. Tratava-se de palavras em latim: *Misit per Die*. Ou seja, o nome daquele senhor, "*Misit*", juntando-se com os dizeres da placa de sua casa, "*per Die*", formavam a frase: *Enviado por Deus*.

A descoberta causou-lhe forte emoção e, imediatamente, Ramalho lembrou-se de Conceição.

"Quem sabe a Conceição tenha uma explicação para tudo isso", questionava-se, esperançoso.

Assim, ele voltou para a obra sem imaginar que novas surpresas o aguardavam.

3

Reencontro

"Não chore nas despedidas, pois elas constituem formalidades obrigatórias para que se possa viver uma das mais singulares emoções da vida: o reencontro."

Richard Bach

A garoa fina caía insistentemente sobre São Paulo. Ramalho, sem o apoio de um guarda-chuva, seguia apressadamente de volta para casa. Caminhava sem prestar atenção no que estava à sua volta. Atravessava as ruas movimentadas quase sem perceber. Não conseguia pensar em outra coisa que não fosse aquele acontecimento misterioso. Já tinha alcançado a Rua Maria Antonia e, quando virou a esquina para a Rua Itambé, avistou um pobre homem de barbas longas e em trajes esfarrapados que costumava ficar por ali. O velho mendigo era magro e seco. Seu pescoço tinha profundos vincos causados pelas rugas. Seus braços e mãos eram cobertos de cicatrizes. Tudo nele era triste, sem vida, com exceção dos olhos, que traziam um brilho inexplicável. Quando Ramalho estava bem próximo, ele o encarou firmemente, com um olhar profundo. Sob forte comoção o jovem operário colocou a mão direita no bolso e lhe deu algum dinheiro.

— Receba esse dinheiro em nome de Deus — disse com piedade. Ao que o pobre homem respondeu surpreendentemente:

— Eu o esperava, rapaz. Agradeço o seu gesto bondoso e a misericórdia de Deus, embora eu o tenha decepcionado.

E, parecendo conhecer os pensamentos de Ramalho, disse com sabedoria:

— Evite a ansiedade, rapaz. Ela costuma atrapalhar a nossa visão sobre o que está acontecendo. Em vez disso, ore e fortaleça a sua fé nos desígnios de Deus. Nada foge às leis divinas e tudo obedece a um sincronismo perfeito e eficaz, do qual, mais cedo ou mais tarde, receberemos o que damos, aqui e no Mais Além.

E concluiu serenamente:

— Vá em paz, filho.

Ramalho ficou mudo e foi se afastando lentamente. De quando em quando, virava-se para olhar o homem sábio que vivia nas ruas.

"Minha nossa! Se contar, ninguém acredita. Um pobre coitado das ruas, com tamanha sabedoria de vida. Uma pena, uma pena", pensava Ramalho, comovido e boquiaberto com o que ouviu daquele velho homem.

"O que aquele homem fez para estar nessa situação tão triste? Seja lá como for, Conceição deve ter razão quando disse que nada é por acaso. Tem que haver um motivo justo, como ela mesma afirmou. Ela também disse que ninguém passa por aquilo que não necessite".

E finalizou seu pensamento de maneira inteligente e racional:

"Realmente somos todos iguais na essência. Todos nós, na realidade, necessitamos uns dos outros".

E assim foi caminhando, passo a passo, com mais firmeza de pensamento, até alcançar a esquina com a Rua Maranhão, bem próximo do trabalho. Deparou-se, então, com Conceição, que estava acompanhada por um rapaz.

— Mas que surpresa agradável, Antonio! Como vai? — cumprimentou Conceição com alegria e ternura no olhar.O homem que a acompanhava era jovem, possivelmente da mesma idade que ela. Tinha aparência indígena e traços marcantes.

– Antonio, quero que conheça o meu namorado, o Luiz – disse ela com simplicidade. – Ele trabalha na mesma casa que eu e é o motorista da família.

Ramalho estendeu a mão para o cumprimento:

– Muito prazer, Luiz.

– O prazer é meu, Antonio – retribuiu o gesto educado. – A Conceição falou muito bem de você – disse gentilmente.

– Muito obrigado, mas ela é que é bondosa – respondeu modestamente.

– Mas que surpresa encontrá-los! – disse Ramalho com emoção. – Estava mesmo pensando em procurá-la, Conceição – desabafou.

– Em que posso ajudá-lo, Antonio? Aconteceu alguma coisa? – perguntou Conceição, prestimosa.

– Na verdade aconteceram algumas coisas muito estranhas. Digo melhor, *misteriosas* – revelou, enrugando a testa e assumindo um olhar assustado.

– Não me diga?! Então, vamos tomar um café e você vai nos contando... O que acha?

– Eu acho muito bom, mas não vou atrapalhar vocês? – perguntou educadamente.

– Claro que não. Na verdade será um prazer, Antonio – respondeu ela, com seu sorriso iluminado.

E foram andando. Em poucos minutos entraram em uma lanchonete para o café. Ramalho vinha pelo caminho relatando detalhadamente os acontecimentos, sendo acompanhado com admiração pelo casal amigo.

– Olha, Antonio, devo dizer o que penso de tudo isso. Você se lembra de nossa conversa naquele sábado? – questionou ela, seriamente.

– Sim, claro. Como iria esquecer? Aliás, venho pensando muito em suas explicações e creio mesmo que tudo tem uma razão para ter acontecido.

– Pois bem. Esse caso que ocorreu com você deve servir de referência para atentarmos para as coisas espirituais. A propósito, eu e o Luiz queremos aproveitar a ocasião para convidá-lo a assistir, conosco, uma palestra sobre *espiritualidade*, na próxima quarta-feira, às 19 horas – disse, com contagiante entusiasmo.

– O que acha, Antonio? Você aceita o nosso convite? – completou Conceição com o mesmo sorriso cativante.

Ramalho pensou por um instante, depois outro e perguntou:

– Espiritualidade?

– Sim, isso mesmo. O assunto é muito importante e vai ajudá-lo a entender certas coisas que podem acontecer com a gente. Além, é claro, de fortalecê-lo para o enfrentamento da vida – completou convictamente.

Luiz, o namorado de Conceição, embora falasse pouco, era gentil e educado. Arriscou reforçar o convite de sua namorada ao novo amigo.

– Antonio, a Conceição tem razão. Vai ser muito bom para você assistir a uma palestra sobre esse assunto – disse calmamente. – Eu garanto que você não vai perder nada. Pelo contrário – concluiu amigavelmente.

Ramalho era um pouco temeroso quanto a coisas ocultas, que não conhecia. Quando criança ouviu muitas histórias arrepiantes, e talvez isso tivesse criado nele uma resistência natural. Conceição percebeu em Ramalho o desconhecimento sobre o assunto e, naturalmente, certa resistência.

– Não se preocupe, Antonio – quis tranquilizá-lo. – É uma palestra em um auditório e não uma sessão de fenômenos espirituais – concluiu, sorridente

– Está bem, eu vou, sim. Afinal, eu sou um homem ou um rato? – disse brincando. – Sabem, quero aproveitar para dizer que estou muito feliz por tê-los como amigos. Eu estava passando por um momento muito difícil e meus pensamentos eram ruins, muito ruins. Só pensava em coisas negativas e vivia atormentado por isso – desabafou Ramalho com emoção e os olhos marejados. – Depois que conversei com você, Conceição, tudo mudou. Você me alertou, me deu conselhos e as coisas foram melhorando, melhorando... Hoje estou bem melhor. Obrigado mesmo, muito obrigado! – disse emocionado.

– Não tem do que agradecer, Antonio. Também estamos felizes por tê-lo como amigo – disse Conceição, calmamente.

– Aliás, se você me permite, eu tenho curiosidade de saber, se você puder me contar, claro, como percebeu naquele sábado, na Praça da Sé, que eu estava em dificuldades?

– Ah... Na verdade, Antonio, não é tão fácil explicar, mas foi um impulso muito forte – disse Conceição, com um olhar terno. – É como se eu fosse uma mãe e visse o seu filho em apuros, entende? É essa sensação... – concluiu com suavidade.

Ramalho ouvia atentamente.

É como se todos nós tivéssemos nos reencontrando? Já estivemos juntos em outras vidas, é isso? – perguntou Ramalho com grande interesse.

– Isso mesmo, Antonio, você falou a palavra certa: *reencontro*. Somos atraídos pela lei de afinidade, que explica os casos de simpatia, mas o contrário também é verdadeiro – explicou Conceição com o mesmo sorriso iluminado.

– É... Tenho muito que aprender – murmurou Ramalho.

— Por isso, será muito oportuno você assistir à palestra na quarta-feira e estudar melhor os assuntos. Mas não se aflija. Tudo tem o seu tempo determinado. Você vai compreender melhor tudo isso com o tempo — finalizou Conceição.

Ramalho anotou o endereço de onde seria a palestra e combinaram de se encontrarem lá. A conversa fluiu ainda por mais alguns minutos.

Despediram-se com a mesma sensação de grande afinidade e partiram.

Ramalho, no caminho para casa, foi pensando em tudo que ouviu no reencontro com aquela mulher que o ajudara no momento mais difícil de sua vida. "Meu Deus, eu estava à beira do suicídio quando ela surgiu como um anjo e me salvou", pensava Ramalho.

Ao chegar em casa, orou com simplicidade:

— Senhor Deus, obrigado por hoje. Obrigado por me permitir esse reencontro. Abençoa a Conceição e a proteja também. Sinto-me parte de seu coração e peço que ela receba a minha gratidão em forma de luz para sua alma. Assim seja — concluiu Ramalho, emocionado.

Era uma noite de frio intenso e ele resolveu deitar-se mais cedo. Afinal, precisava acordar às 5 horas da manhã para se preparar para um novo dia de trabalho.

Já deitado, seus pensamentos continuavam invadidos pelos acontecimentos daqueles dias dos quais jamais se esqueceria. Passou uma ou talvez duas horas acordado, pensando, pensando, quando finalmente adormeceu.

Repentinamente, levantou-se em um impulso. Lá fora, tudo era silêncio absoluto. Ele estranhou e resolveu abrir a janela. Tudo estava parado, sem movimento. Sentiu um arrepio que o percorreu dos pés à cabeça e virou-se rapidamente. Tomou um susto ao ver o seu próprio corpo deitado na cama e desfaleceu.

Momentos depois se viu caminhando pelas ruas sozinho. Andava sem direção. A rua estava deserta e tudo era inanimado, sem vida. Subitamente, ele se deparou com um grande salão com as portas abertas. Parecia um templo, no qual centenas de pessoas ouviam alguém falar. O palestrante ficava ao longe e o som era transmitido por alto-falantes instalados pelo imenso salão. A voz que ouvia lhe era familiar. Procurou atentamente um lugar para sentar-se, mas não encontrou. Observou muitas pessoas em pé e buscou um lugar para poder assistir. Havia uma distância importante entre ele e o palestrante, aproximadamente cinquenta metros. Ele esforçava-se para enxergar o rosto da pessoa, mas não conseguia.

"Vocês sabem que Deus nos dá, mas também nos cobra, e aqueles que não fizerem por merecer sofrerão aqui e nas trevas do arrependimento. Ele me enviou aqui para prepará-los para um lugar melhor, onde tudo é paz e felicidade. Vejam, eu estou aqui, sou real e sei que vocês vão fazer o que tem que ser feito. Doem-se sem medo e tudo terão do Eterno. Tudo é possível quando se tem fé em Deus. Ele mesmo nos prometeu o paraíso, mas não pensem que é só querer. É preciso dar. Ele pede provas! Está escrito... Acreditem!", gritava o palestrante energicamente.

Ramalho percebeu que a maioria das pessoas sentia a vibração daquela voz à semelhança do impacto de uma explosão. Alguns choravam; outros, com os olhos fechados e os punhos cerrados, gritavam palavras que se misturavam ao murmúrio da multidão alucinada. Era um misto de loucura e excitação. Assustou-se com uma jovem senhora, a uma distância de duas ou três pessoas à sua frente, que se jogou de joelhos ao chão em prantos, gritando: "Perdoa-me, Senhor! Eu quero o paraíso e vou te dar o que tenho. Piedade, Senhor, piedade... Tenha pena de meu sofrimento, piedade, piedade!".

"Venham, não tenham medo, vocês verão. Acreditem, acreditem!", gritou mais alto ainda o homem na tribuna.

Ramalho observou que as pessoas sentadas perto da tribuna levantavam-se e caminhavam até onde havia uma espécie de urna e depositavam dinheiro e objetos. Após fazerem isso, iam embora, formando uma fila indiana pelos corredores do salão. Aos poucos, o local foi ficando vazio e Ramalho seguiu as pessoas que caminhavam em direção à urna. Enquanto isso, o orador fazia gestos com as mãos, como a abençoar aqueles que passavam por ele.

Ramalho estava cada vez mais próximo, quando se viu bem à frente do homem que falava eloquentemente. Ele o encarou, mas não conseguia enxergar o seu rosto. Era como se tivesse perdido a visão. Ele levou as mãos aos olhos e esfregou-os várias vezes, até que, aos poucos, recuperou a visão. O homem era alto e magro; trajava camisa branca e suspensórios sobre ela. Gravata borboleta, calça preta e sapatos bem lustrados completavam a indumentária. Em sua mão direita, havia um grande anel de ouro. Foi então que Ramalho olhou atentamente para o seu rosto.

"Por que você está me olhando tanto, meu rapaz?", perguntou o homem friamente. Ramalho reconheceu a sua voz e, imediatamente, lembrou-se do velho homem das ruas. Continuou a observá-lo minuciosamente e veio-lhe a certeza: era o velho mendigo da Rua Itambé, com exceção dos olhos, que eram diferentes. O orador tinha os olhos mórbidos, enquanto o velho possuía um brilho terno no olhar.

Ramalho sentiu-se paralisado, não conseguia sair do lugar; suas pernas não se moviam. A decepção causou-lhe profundo sentimento de insegurança e tristeza. Ele tentava se mover, mas era impossível. É como se estivesse preso por forças perversas. Ele tentava gritar por socorro, mas a sua voz não saía, e o desespero lhe envolvia o raciocínio. Com um derradeiro esforço, pensou em sua amiga. "Meu Deus, por favor, envie-me Conceição em meu socorro!". E então Conceição toca-lhe o ombro, chamando-o afetuosamente: "Ramalho? Vamos, é hora de voltar". Ele abre os olhos e levanta de sua cama assustado. Seu corpo está suado. Ramalho tenta se recompor. Lembranças lhe vêm à mente. "O que aconteceu, meu Deus?! Tive um pesadelo terrível. Alguém me segurava, prendia-me", pensava, enquanto enxugava o suor do rosto com o lençol. Tinha flashes de algumas imagens e tentava juntá-las para entender, mas eram só lembranças desconexas do que tinha vivenciado naquela noite.

O quarto estava escuro. Ramalho levantou-se e esticou o braço para acender a lâmpada. A luz repentina lhe obriga a fechar os olhos instintivamente.

Aos poucos, ele vai se acostumando com a claridade e vê o relógio sobre a cabeceira, que marcava 4h20 da manhã. "Nossa! Ainda é muito cedo", pensou. Ele apagou a luz e resolveu deitar-se e esperar o horário.

Deitado, pensava no que tinha se passado naquela noite de sono profundo. Buscava a todo instante entender. Aos poucos, ia se lembrando e descobria o que seria parte da resposta, ou o porquê, da privação existencial daquele velho homem das ruas.

4

Espiritualidade

> "Creio que a importância do Evangelho de Jesus em nossa evolução espiritual é semelhante à importância do Sol na sustentação de nossa vida física."
>
> *Chico Xavier*

O Sol foi desaparecendo atrás dos altos edifícios da capital paulista, e o entardecer daquela quarta-feira foi ficando cada vez mais fria. A noite surgiu e Ramalho se preparou para ir à palestra indicada por Conceição. Seria um novo reencontro. O jovem operário olhou rapidamente para o relógio em seu pulso e viu que já eram 18h05. Deu os últimos retoques no visual e consultou novamente o relógio. Os ponteiros avançavam céleres.

– Não posso chegar atrasado de jeito nenhum... – murmurou, e foi saindo apressado.

Na rua, Ramalho caminhava a passos largos.

Enquanto andava, tirou do bolso do blazer o papel com o endereço da palestra. Conferiu cuidadosamente e colocou-o de volta no bolso. Caminharia aproximadamente 3,5 quilômetros até a Rua Santo Amaro.

Durante o percurso, Ramalho foi pensando na vida. Sentia-se mais forte e confiante para a conquista de seus sonhos. Desejava ardentemente lutar por condições melhores para os trabalhadores na indústria da construção civil. Incomodava-se com as injustiças dos patrões inconscientes, que construíam riquezas em cima do sofrimento de seus empregados. "Sinto que Deus vai me ajudar e poderei contribuir para melhorar as condições de trabalho nesse setor tão desumano. Sei que é um sonho, tenho consciência de que é, mas um sonho que posso tornar realidade. Tenho fé em Deus que vou, eu tenho fé!", pensava convicto.

Estava ansioso para contar a Conceição sobre os seus ideais, suas lutas e o quanto tinha melhorado.

Ramalho, na construtora em que trabalhava, já tinha conquistado a confiança dos patrões e colegas com suas iniciativas inteligentes e seu espírito de luta. Várias vezes atuou representando os operários e ajudando a própria construtora como encarregado nas negociações importantes, durante as quais era respeitado pelos dois lados.

O jovem operário, depois de uma longa caminhada, chegou à Rua Santo Amaro, sede da Federação Espírita do Estado de São Paulo. Conferiu o relógio e ele marcava 18h50. Parado em frente à entrada da instituição, procurou por Conceição e o namorado, mas não os viu. "Vou ficar aqui uns 5 minutos, quem sabe vejo a Conceição?!", pensou.

Enquanto isso, ficou admirado com a grande quantidade de pessoas que iam entrando. Ao lado de onde ele estava, na entrada, havia uma livraria e, descendo uma rampa, um estacionamento bem abaixo do piso da rua. Havia também um edifício antigo com um auditório bem em frente ao estacionamento, no andar superior, por onde as pessoas subiam uma escada de madeira que dava acesso ao salão. Uma placa sobre a porta de entrada indicava: *Salão Dr. Bezerra de Menezes*. O auditório media aproximadamente 20 metros de largura por 45 metros de comprimento. O piso do salão tinha um leve aclive até a tribuna. Ramalho ainda não havia encontrado o casal e resolveu entrar. Subiu a escada e, na entrada do salão, foi recebido por duas mulheres, uma em cada lado da porta, ambas portadoras de um semblante sereno e de um sorriso amável, que cumprimentavam a todos fraternalmente. Após o cumprimento, indicaram-lhe o lado e o lugar em que ele devia sentar-se. O silêncio era sublime e a música, o Noturno nº 20, um solo de piano de *Fréderic Chopin*, dulcificava os ouvidos de todos, à semelhança de uma brisa serena gerando bênçãos de paz. Uma energia transcendental harmonizava todo o ambiente.

Ramalho ia se ajeitando na cadeira quando Conceição tocou-lhe o ombro como sempre, saudando-o com o mesmo sorriso iluminado.

— Seja bem-vindo, Antonio! — disse com um carinhoso abraço. — Deus o abençoe — sussurrou em seu ouvido. — Vou sentar-me. Já vai começar — concluiu amorosamente, enquanto saía.

Ramalho ficou emocionado ao vê-la, mas não houve tempo para falar. Notou que o salão era dividido. De um lado, sentavam-se os homens e, do outro, as mulheres. "Eu devia ter chegado mais cedo", pensou, aborrecido.

Avistava-se um grande relógio no alto da parede, ao final do salão, indicando precisamente 19 horas. Todas as cadeiras estavam ocupadas quando a porta se fechou. Havia na tribuna cinco pessoas, e uma delas se levantou e posicionou o microfone à sua altura. Enquanto isso, as lâmpadas foram desligadas e outras de cor lilás, ligadas, deixando assim o ambiente à meia-luz.

— Boa noite a todos! E que Deus nos abençoe. Vamos neste momento fechar os nossos olhos, serenando os nossos pensamentos e trazendo à mente a figura amorosa de Jesus — disse suavemente uma jovem senhora. Após uma prece sentida, ela repetiu calmamente a oração ensinada por Jesus e, em seguida, sentou-se.

As lâmpadas foram ligadas, gradativamente, enquanto levantou-se um homem calvo que usava bigode. Possivelmente já atingira os sessenta aniversários — trajava terno e gravata. Enquanto ajeitava o microfone, disse:

— Boa noite! Que as bênçãos do Mais Alto recaiam sobre todos nós — saudou serenamente.

— Hoje, temos a alegria e o prazer de receber em nossa Federação o nosso amigo, escritor e jornalista ..., a quem nesse momento passo a palavra — concluiu gentilmente o homem. O escritor era um homem alto de pele clara e cabelos grisalhos, que usava largas costeletas. Tinha traços fortes, marcantes, e um nariz grosso e ossudo. Trajava uma camisa de flanela xadrez, cachecol preto e blusa cinza de lã. Ele se levantou calmamente e agradeceu da tribuna a acolhida de todos com um fraterno aperto de mãos e se preparou, ajeitando o microfone.

Ramalho acompanhava atentamente, admirado com o que presenciava. Tinha uma ideia totalmente diferente do Espiritismo.

— Meus caros amigos, muita paz! — saudou o escritor tranquilamente.

— O tema que escolhi para falar a vocês nesta noite vibrante e calorosa... — continuou, em tom de brincadeira, pois a temperatura era de quase seis graus. — Digo isso porque lá fora está um frio de arrepiar e aqui dentro o calor é intenso, não acham? — concluiu a brincadeira. A plateia riu, descontraindo-se.

— Bom, vamos continuar produzindo esse calor da vibração ectoplásmica que faz muito bem para todos nós e deixar o frio lá fora, porque ele incomoda muito.

— Pois bem, como eu ia dizendo, o tema que escolhi foi *Espiritualidade*. Vocês podem se perguntar: "Mas o que tem a ver o frio ou o calor e até mesmo a energia ectoplásmica com espiritualidade?". Eu respondo: Tudo! — o escritor e jornalista ficou em silêncio por um momento e continuou:

— O termo espiritualidade, no dicionário, significa: "Qualidade daquilo que é espiritual ou a espiritualidade da alma". Se é assim, por que não tem a ver com as energias? Mas é claro que tem! A espiritualidade é a representação do estado da alma: bom ou mau. Tudo vai depender de sua educação, de sua consciência. A aparência nesse caso não é nada, a essência é tudo. Assim, vale lembrar que nem tudo que reluz é ouro e nem tudo que balança cai. Querem um exemplo disso? Pois eu dou. Muitas vezes uma pessoa pode não apresentar qualquer tipo de doença física verificada pela medicina acadêmica, mas, se possuir algum distúrbio emocional importante, será portadora de grave moléstia psicossomática, que lhe custará grandes prejuízos ao corpo e à alma mais cedo ou mais tarde – enfatizou seriamente.

– Posso citar muitos e muitos problemas acobertados ou considerados "normais" pela sociedade humana que são preocupantes para ela própria. Quando são descobertos, infelizmente, na maioria dos casos, os resultados são trágicos. Eu ficaria aqui a noite inteira relacionando casos e mais casos que a imprensa divulga de filhos que matam os pais para ficarem com seu patrimônio e pais que igualmente matam e abandonam seus filhos... E por aí vão desequilíbrio afora incontáveis casos decorrentes da falta de espiritualidade consciencial ou da falta de religiosidade.

O palestrante silenciou por um instante e olhou o copo de água à sua frente. Tomou-o em sua mão e bebeu calmamente. Os espectadores acompanhavam atentamente e em completo silêncio. Ramalho olhou para o outro lado da plateia, na esperança de encontrar Conceição.

– É isso. – retomou o escritor. – Quando me refiro à espiritualidade, amigos, quero chamar a atenção para os valores íntimos de cada um de nós. Ninguém avança, ninguém progride, ninguém conquistará coisa alguma se não conquistar em primeiro lugar a si mesmo; ninguém transformará sonho em realidade se não tiver consciência de suas capacidades e do real valor de seus sonhos. Aliás, quem não conhece conscientemente o que deseja pode transformar sonho em pesadelo. Por essa razão, Jesus sabiamente nos aconselhou: "Conhecereis a verdade e a verdade vos libertará". Ou seja, não há quem permaneça no caminho para a realização de seus sonhos, de seus ideais e de sua própria felicidade se não conhecer os meios pelos quais pode realizá-los – disse, com suave entonação na voz. – E isso, meus caros, não é só uma questão de espiritualidade consciencial, mas, sobretudo, uma questão de inteligência adquirida pelo conhecimento superior. Isso é a espiritualidade dinâmica, preparada, consciente. Entenderam? – concluiu vibrantemente.

Ramalho sequer piscava. Ficou imóvel. Estava fascinado pelos conceitos racionais e objetivos do que estava ouvindo. "Eu tenho sonhos, sim, muitos sonhos. Porém, agora, a coisa é outra...", pensava otimista.

A palestra seguiu notável por mais alguns minutos, quando o escritor finalizou:

— Eis que estamos no limite de minha fala, embora eu pudesse ficar aqui, prazerosamente, falando aos seus corações. Entretanto, minha mulher já deve estar sentindo a minha falta... — disse, em tom de brincadeira. — Preciso aquecê-la, pois está muito frio e ela é brava — riu com gosto da própria brincadeira. — Boa noite a todos e que Deus nos proteja! — finalizou animadamente, ao som de bons risos da plateia e de seus confrades na tribuna.

O microfone foi assumido pelo homem da apresentação inicial, que agradeceu ao amigo palestrante em nome de todos e finalizou com uma prece simples e tranquila. O mesmo procedimento com a iluminação se repetiu.

— Senhor Jesus — começou a orar o homem na tribuna, em voz suave e pausada. — Bons Espíritos, nesse instante queremos agradecer as bênçãos da noite de hoje e pedir que nos acompanhe de regresso aos nossos lares. Que a paz e a harmonia nos envolva hoje, amanhã e sempre. Assim seja!

As luzes foram acesas e as pessoas levantaram-se, saindo do salão lentamente com o auxílio de tarefeiros da Federação. O grande relógio no alto da parede marcava 20h05.

Ramalho mais uma vez admirou-se com a quantidade de pessoas que havia no salão. "Possivelmente, há uns setecentos lugares aqui, talvez mais...", calculou. Ele, no meio de tanta gente, procurava Conceição ansiosamente. Foi saindo devagar, e desceu a escada até o estacionamento. Subiu a rampa de saída e parou na entrada, no mesmo lugar de quando chegou, e ficou aguardando ali. Seus olhos percorriam ligeiros todas as pessoas que saíam. "Ela tem que passar por aqui", pensava.

As pessoas iam saindo pouco a pouco. Umas a pé, outras em seus carros, mas Ramalho estava atento. "Só se houver outra saída, porque por aqui ela ainda não saiu", pensou. Ele permaneceu ali por mais de 10 minutos, e o volume de pessoas foi diminuindo, diminuindo, até que não restou mais ninguém. "Meu Deus, será que não vi a Conceição sair?", pensou aflito. Resolveu descer a rampa e ir até o corredor do edifício localizado embaixo do salão. Ali, falou com um senhor que se identificou como trabalhador da Federação, que lhe informou que todos já tinham saído. Não havia mais ninguém no salão. Ramalho voltou para a entrada da instituição e entrou na livraria. Perguntou se alguém conhecia a Conceição, mas ninguém a conhecia. Esperou mais um pouco e depois saiu. Novamente, ficou na entrada do lado de fora.

"O que terá acontecido? Não consigo entender! Será que ela foi embora sem ter me esperado?", tentava entender. "Pelo certo, quem saísse primeiro esperava...", pensava Ramalho, buscando uma resposta para o desencontro. Ficou ali mais uns 15 minutos até a livraria fechar. Olhou para o seu relógio e ele indicava 21 horas. Já não havia mais ninguém ali. Então, ele resolveu ir para casa. O trajeto foi mais logo dessa vez. Estava triste, angustiado por não ter encontrado Conceição. Esperou muito por aquele momento e ele não aconteceu. Mas tinha gostado bastante da palestra, do lugar, da instituição e das pessoas de lá. Aproveitou muito tudo que ouvira e voltaria na próxima semana.

Assim, seguiu Ramalho pelas ruas pensando: "Como seria bom poder conversar novamente com a Conceição e contar-lhe as novidades. Seria muito bom mesmo poder dizer o quanto gostei da palestra. Diria para ela: 'Você realmente tinha razão, Conceição! Foi muito bom para mim'. Vou voltar na próxima quarta-feira com certeza".

Aos poucos, o jovem operário ia se recompondo e seus pensamentos já eram outros. "Ela deve ter saído antes e não pôde esperar por mim. Talvez tivesse algum compromisso ou tenha achado que eu já tinha ido embora. É, acho que foi isso. Deve ter pensado que fui embora. Seja lá o que aconteceu, voltarei na próxima quarta-feira e, com certeza, a encontrarei. Não vejo a hora", concluiu mais conformado.

Ramalho chegou em casa e se preparou para deitar. Afinal, seu dia começava muito cedo. Porém, pensaria sobre tudo que tinha ouvido.

"Preciso me preparar, conforme aquele homem recomendou. Preciso voltar àquele lugar e aprender mais. Tenho sonhos, muitos sonhos, e é como ele mesmo disse: *ninguém consegue nada na vida se não se preparar com consciência*", recordava confiante.

Ficou ali deitado e pensando por cerca de uma hora, talvez mais, até que o sono o fez adormecer.

5

É PRECISO CONTINUAR

"Podemos facilmente perdoar uma criança que tem medo do escuro; a real tragédia da vida é quando os homens têm medo da luz."

Platão

Ramalho estava cada vez mais confiante, com novas ideias e objetivos. Depois daquela palestra, repensou tudo que podia fazer para melhorar a sua vida profissional e pessoal; a espiritualidade era agora um novo e indispensável caminho.

Na empresa em que trabalhava, seguia como encarregado, buscando incansavelmente se aperfeiçoar em cursos técnicos profissionalizantes na indústria da construção civil.

Inteirava-se dia após dia dos assuntos de sua classe profissional; um de seus sonhos era contribuir política e socialmente para um futuro digno e justo para todos os seus colegas. Ele seguia obstinadamente se aperfeiçoando. No horário de almoço ou de descanso, aproveitava para estudar plantas, desenhos e projetos de arquitetura e engenharia.

No primeiro dia de trabalho após a palestra, de quando em quando Ramalho lembrava-se de Conceição. Ficava incomodado pelo desencontro e pela angústia que sentiria até reencontrá-la. Foi então que pensou: "Não vou ficar aqui pensando, pensando, buscando entender o que aconteceu naquele dia depois da palestra. Quer saber? No final do expediente, vou ligar para ela agradecendo o convite, dizer que gostei muito e combinar para a próxima quarta-feira. É isso mesmo, Ramalho!", disse em pensamento para si mesmo. "Vou ligar para ela e ficarei mais tranquilo. Ela vai saber que gostei e estou colocando em prática o que aprendi", concluiu seu pensamento, mais conformado.

As horas demoraram a passar para ele, mas, quando a sirene soou finalmente, Ramalho se dirigiu ao escritório da construtora para fazer a ligação.

Entrou, chegou perto do aparelho telefônico, tirou da carteira o papel com o número por ele anotado naquele dia e discou.

– Alô, boa tarde! – disse Ramalho ansioso.

– Boa tarde! Com quem deseja falar? – perguntou a voz feminina do outro lado da linha.

– Conceição, por favor – respondeu ele.

— Desculpe, mas aqui não tem ninguém com esse nome. Você deve ter discado errado — disse, displicente, a voz feminina.

— A senhora não conhece a Conceição? — insistiu Ramalho.

— Que número o senhor discou? — questionou, nervosa.

Ramalho disse o número pausadamente.

— É, é daqui mesmo esse número, mas infelizmente essa pessoa não mora nem trabalha aqui. O senhor deve ter anotado errado... Ou a pessoa lhe passou errado. Desculpe-me, mas não posso ajudá-lo — disse a voz do outro lado da linha.

Ramalho ficou mudo por um momento e lembrou-se do namorado dela, o Luiz.

— O senhor entendeu?

— Ah, e o Luiz? Ele é motorista — disse esperançoso.

— Olha, senhor, não tem ninguém aqui com esses nomes. Nem Conceição, muito menos Luiz. Desculpe-me, mas o senhor deve ter anotado errado ou não sei o que ocorre.

— Sim, claro. Eu devo ter anotado errado mesmo. Desculpe-me o incômodo. Até — disse, decepcionado.

— Não tem problema. Boa tarde!

Ao colocar o fone no gancho, Ramalho ficou parado por alguns instantes.

— Só faltava essa agora... Eu ter anotado errado o número dela — murmurou, indignado consigo mesmo.

Ramalho foi embora decepcionado.

Ao sair da obra, inconformado com o possível erro que cometeu, pensou: "Espera um pouco... Conceição trabalha aqui perto, na Avenida Higienópolis. Por que não posso ir até lá?!", perguntou mentalmente a si mesmo. E resolveu seguir em direção à Avenida Higienópolis. Já era noite e ele caminhava apressadamente, pensando no que diria a Conceição, no que ela pensaria. Condenava-se por ter anotado errado o seu número. "Você precisa ser mais atencioso com essas coisas, Ramalho! Agora, veja o transtorno...", pensava, procurando chamar a própria atenção.

Foi então que ele chegou ao endereço marcado no papel. No entanto, ele observou que faltava o número do apartamento. Ele conferiu o relógio e já passava das 18h30. O edifício era de classe média-alta com possivelmente 20 andares. Apertou o interfone.

— Boa noite, amigo! — saudou cordialmente Ramalho.

— Boa noite — respondeu o porteiro.

— Eu gostaria de falar com minha amiga Conceição, só que, quando anotei o endereço, devo ter esquecido de anotar o número do apartamento.

— Como é o nome do senhor? — perguntou o porteiro.

— Antonio Ramalho.

— Ok. Um minutinho, por favor — disse o porteiro.

"Eu estava tão atormentado naquele dia que anotei o número do telefone errado e até o endereço incompleto", pensava Ramalho. Então, o porteiro chamou pelo interfone:

— Senhor Antonio?

— Pois não!

— Eu sou novo aqui nesse condomínio e não conheço todos os moradores, por isso, consultei o zelador e ele me passou a moradora do apartamento 114, ok?

— Ok. Obrigado!

— Vou abrir o portão e o senhor fica aguardando no hall de entrada. Vou anunciá-lo.

O portão foi aberto e Ramalho entrou. Quando as portas do elevador se abriram, uma jovem senhora apareceu, com um envelope na mão. Seu semblante era tranquilo e seu corpo, esquio. Perguntou educadamente:

— Senhor Antonio?

— Sim, sou eu — disse com expectativa.

— Muito prazer, eu sou Conceição. Meu marido disse que o senhor viria buscar estes documentos

— informou a senhora, cujo nome era o mesmo da amiga de Ramalho. Foi quase como um choque para o jovem operário quando se deu conta daquele engano.

— Muito prazer, senhora. Porém, não sou o Antonio que a senhora está esperando e a senhora não é a minha amiga Conceição, que eu estou procurando — disse Ramalho, com a fisionomia demonstrando espanto.

— Minha nossa! — disse surpresa a senhora.

— Eu não sou a Conceição que está procurando e o senhor não é o Antonio que estou aguardando?

— Pois é. Se a senhora está surpresa, não imagina como eu estou — disse ele, com um sorriso amarelo.

— Eu peço desculpas pelo constrangimento que possa ter causado — continuou, envergonhado.

— Não se preocupe, senhor Antonio. Isso pode acontecer, como aconteceu. Faz parte da vida, não é mesmo? — ela respondeu, compreensiva.

— É mesmo, acontece. Mais uma vez, queira me desculpar.

— Não tem de quê, senhor Antonio. Boa noite!

— Boa noite, senhora — despediu-se Ramalho, saindo. E voltou para casa quase sem saber o que pensar. "Meu Jesus, o que será que aconteceu? Anotei o telefone errado, anotei o endereço também errado, o que mais?", disse para si mesmo.

"Agora é esperar depois de amanhã, quarta-feira, reencontrá-la na palestra e anotar o telefone e endereço novamente. Só que dessa vez, corretos", pensou aborrecido o jovem Ramalho.

Ao chegar em casa, sentou-se na cama e orou:"Senhor Deus, obrigado por mais um dia de trabalho. Obrigado pela saúde e pela paz também, porque sem saúde e sem paz não adianta nada. Por isso, muito obrigado!

Peço força para continuar lutando e ânimo para que eu não desfaleça diante das adversidades.

Peço que a Conceição possa receber a minha gratidão em forma de paz e harmonia.

Peço um sono em paz e que amanhã seja um bom dia. Assim seja!".

Após a oração, Ramalho se trocou e deitou-se. Queria entender tudo aquilomas se aborrecia quando lembrava que anotou tudo errado.

E adormeceu.

De súbito, sentou-se na cama. Olhou para o relógio e ele indicava 4 horas da manhã.

— Nossa! Passou muito rápido o tempo. Parece que me deitei quase agora — disse para si mesmo, admirado. Tudo estava novamente parado. Ele estranhou, levantou-se e caminhou até a janela. Olhou através da vidraça e tudo parecia deserto.

Sentiu o mesmo arrepio daquele dia em que sonhou com o velho das ruas.

Quando virou-se, tomou novo susto e desfaleceu.

Quando abriu os olhos estava de frente à casa amarela, aquela em que trabalhou. O portão e a porta lateral estavam abertos, e Ramalho entrou. A sala estava cheia de pessoas conversando animadamente e todas pareciam não ter notado a sua presença, quando, de repente, alguém o chamou:

— Antonio, Antonio... Entre. Venha aqui.

Aquela voz meiga e suave era inconfundível. Era a voz de Conceição, ele a reconheceu.

Ramalho virou-se e a viu. Caminhou até ela e a abraçou demoradamente.

— O que aconteceu, Conceição? Eu a procurei muito — disse Ramalho, com os olhos marejados.

— Calma, Antonio, não fique assim. É preciso equilíbrio e, sobretudo, fé em Deus com compreensão e consciência. Lembra-se da palestra? — perguntou ela com o mesmo sorriso iluminado.

— Sim, lembro — respondeu Ramalho, com admiração e respeito.

— Então, Antonio, você precisa continuar buscando a luz da consciência e estudá-la a fim de crescer e contribuir com a Obra de Deus fazendo o melhor pelos seus semelhantes. Assim serás feliz – disse, com luz no olhar.

– Eu gostei muito da palestra e de tudo. Voltarei na quarta-feira. Dessa vez, vou mais cedo e aí nos encontramos lá – disse Ramalho com uma forte emoção. Seus olhos tinha um brilho diferente agora. Estava novamente diante daquela mulher que o livrou de ideias ruins e tinha por ele um sentimento que só reconhecia em sua mãe. Conceição sorriu carinhosamente e disse:

– Estarei esperando sempre por você, pode ter certeza disso. Lembre-se: é preciso continuar. Deus o abençoe, Antonio – concluiu Conceição com um abraço caloroso.

Ramalho ia contar sobre seus novos sonhos, mas o relógio despertador na cabeceira soou e ele retornou. Abriu os olhos. Estava acordado. "Sonhei com a Conceição", pensou. Esticou o braço e desligou o despertador nervosamente. Fechou os olhos e tentou voltar a sonhar, mas não conseguiu, e despertou de uma vez. Ficou ali deitado por mais alguns minutos procurando lembrar-se do encontro. Levantou-se e se preparou para um novo dia de trabalho duro. Contava as horas para retornar na quarta-feira à palestra e reencontrar Conceição. Com esse sentimento foi trabalhar.

O dia foi passando e pouco a pouco Ramalho ia se lembrando do sonho.

Após o almoço, esperou que todos saíssem do refeitório e ficou estudando alguns projetos e plantas. De repente, entrou o colega e mestre de obras, Isaías, que foi logo dizendo:

— Ramalho, você está aí? Quem te viu, quem te vê... — disse, batendo com a mão carinhosamente no ombro do colega.

Ramalho olhou-o sorrindo e balançando a cabeça afirmativamente.

— Outro dia você estava por aí, "feito jumento sem pai", como você mesmo disse. Agora, o homem é outro! Nem parece aquele Ramalho esmorecido que eu vi — completou sorrindo.

— É, Isaías... Graças a Deus melhorei. Você também sempre me ajudou e se preocupou comigo quando eu mais precisei. É amigo de verdade — disse com gratidão.

— O que é isso, rapaz? Eu não fiz nada. Se bem que eu tentei. Você é quem não deixou!

— Fez, sim — disse Ramalho. — Eu sei reconhecer quem me ajuda.

Por um momento, os amigos ficaram em silêncio.

— Foi por sua causa, daquela sua frase trocada — disse Ramalho rindo do amigo — que acabei encontrando a luz.

— Desculpe, eu não entendi direito. Frase? Que frase?

— Ué! Quem 'anda' seus males espanta, lembra?

— Quem 'anda' seus males espanta? — repetiu sem entender.

— Você está com amnésia, Isaías? Você não se lembra mais?! Naquele sábado que você veio aqui pegar umas ferramentas — relembrou Ramalho para o colega.

— Ah, sim. Eu nem prestei atenção nisso — disse despretensiosamente Isaías.

— Você está ruim da memória, Isaías — Ramalho aproveitou o fato e brincou carinhosamente.

— Mas o que tem isso?

— Pois é. Fui andar como você mesmo recomendou e encontrei uma pessoa maravilhosa — revelou Ramalho, com um brilho diferente nos olhos.

— Encontrou quem? Que mistério é esse, Ramalho? Diz logo, homem! Vamos que daqui a pouco precisamos voltar ao trabalho — disse, apontando com o dedo indicador para o relógio do pulso.

— O nome dela é Conceição.

— Conceição?! — perguntou Isaías, franzindo a testa. — Nossa, você já arrumou uma namorada?

— Que namorada o quê, Isaías. Ela já é comprometida — disse seriamente.

— Ué, se não é namorada, quem ela é?

— Minha amiga, ora essa! Não posso ter uma mulher como amiga? — perguntou indignado.

— Sei lá, você é quem sabe. Só perguntei porque não estou entendendo nada.

Nesse momento, soou a sirene.

— Olha aí, você fica enrolando... Vamos lá, depois você me conta essa história direito — concluiu Isaías, bem-humorado.

Enfim, quarta-feira, o dia em que reencontraria Conceição na palestra.

Ramalho se preparou, dessa vez com antecedência, e saiu mais cedo.

Consultou o relógio e ele marcava 17h40. "Agora, chegarei com folga, bem antes, e encontrarei a Conceição", pensou, e foi saindo.

Quando chegou à Rua Santo Amaro, eram exatamente 18h25. Então, ele foi até a porta do salão e olhou atentamente para ver se ela já tinha chegado, mas não a viu. Desceu a escada e foi para a entrada. Ficou por lá até o horário e não a encontrou. Nem a ela nem ao namorado. Resolveu descer e entrar. "Quem sabe ela não chegou ainda", pensou, procurando se conformar.

A palestra começou pontualmente às 19 horas, com os mesmos procedimentos organizados que a instituição prezava. A disciplina era o ponto mais forte daquele trabalho.

Após o desenvolver da apresentação, começou a discursar um senhor alto, bem calvo; os poucos cabelos que lhe restavam adornavam as laterais da cabeça. Sua pele era branca e seu rosto, cheio, com um sorriso contagiante. O tema de sua palestra era: *Continuar sempre, ainda que nos custe suor e lágrimas.*

— É assim que quero concluir minha participação hoje aqui — disse o palestrante com um sorriso vibrante em seu rosto amável. — Lembremo-nos das palavras de Nosso Senhor Jesus Cristo quando nos recomendou: "*Ajuda-te e o Céu te ajudará*". Isso quer dizer que precisamos continuar, precisamos seguir adiante, trabalhando e servindo ao Bem Eterno. É isso, meus caríssimos irmãos. É preciso continuar — disse, com o mesmo sorriso no rosto.

Ramalho lembrou-se instantaneamente que Conceição disse isso em seu sonho, com essas mesmas palavras: *É preciso continuar.*

— Quero finalizar — disse o palestrante — lembrando um trecho do Evangelho, que nos aconselha: "Pedi e dar-se-vos-á; buscai e achareis; batei e abrir-se-vos-á. Porque todo o que pede, recebe; e o que busca, acha; e a quem bate, abrir-se-á. Ou qual de vós, porventura, é o homem que se seu filho lhe pedir pão, lhe dará uma pedra? Ou, porventura, se lhe pedir um peixe, lhe dará uma serpente? Pois se vós outros, sendo maus, sabeis dar boas dádivas a vossos filhos, quanto mais vosso Pai, que está nos Céus, dará boas dádivas aos que lhes pedirem". Assim, despeço-me dos irmãos com o meu carinhoso abraço de muita paz. Boa noite!

A palestra foi concluída com energias que banharam a todos de harmonia e luz. Ramalho se apressou e saiu. Foi até a entrada e novamente esperou ali por Conceição. Pouco a pouco a instituição foi ficando vazia, até que não houvesse mais ninguém. Ele não se deu por vencido e desceu até aquele mesmo senhor, procurando saber se havia mais alguém no salão. A resposta foi negativa. Então, ele arriscou:

– O senhor conhece uma moça de nome Conceição – perguntou, esperançoso.

– Olha, amigo, conheço uma Conceição, sim. Ela trabalha nesse mesmo salão, na Evangelização Infantil, todos os sábados às 9 horas.

– Muito obrigado. Virei aqui no sábado. Até mais e boa noite! – disse Ramalho, indo embora. Passou pela livraria e seguiu a sua longa caminhada de volta para casa.

O obstinado Ramalho voltou por muitas e muitas vezes aos trabalhos de quarta-feira. Assistindo às palestras, ia aprendendo, avançando e mantendo a esperança de um dia poder reencontrá-la.

Esteve na Evangelização Infantil, mas não obteve sucesso. Misteriosamente, Ramalho nunca mais a reencontrou. Lembrou-se do sonho que teve com ela e sentiu suas palavras fixadas em sua alma.

Uma coisa é certa – para ele, ela sempre esteve lá, sempre esteve esperando por ele.

6

O MENINO TOTONHO

> "Meus versos é como semente
> Que nasce arriba do chão;
> Não tenho estudo nem arte,
> A minha rima faz parte
> Das obras da criação".
> *Antônio Gonçalves da Silva*
> (Patativa do Assaré)

Pela posição do sol, já passava do meio-dia. Nenhuma nuvem à vista. O calor causticante fazia a terra arder. A umidade do ar era mínima e a alta temperatura do solo fazia a água evaporar rapidamente. Era o mês de agosto e parecia que a natureza estava morrendo. Apesar do solo seco de caatinga rala, era possível avistar na planície algumas manchas de verde em sinal de resistência. As folhas da maioria das árvores já haviam caído e as únicas cores vivas estavam nas flores douradas do cajueiro, nos cactos e juazeiros, que têm sistemas de armazenamento de água – suas raízes cobrem a superfície do solo para capturar o máximo de água durante as chuvas leves, assim como fazem o mandacaru, o xique-xique, o imbuzeiro e a quixabeira, algumas das poucas espécies que resistem à seca. Ao longe, bem longe, se avistavam as serras ainda verdejantes que contrastavam com aquela paisagem desoladora. Época difícil. Um cancão pousado no galho de um imbuzeiro parecia cantar pedindo chuva. Instantes depois, dá início a um voo rasante e vai se desviando dos galhos secos à sua frente, distanciando-se com rapidez. Por alguns momentos, tudo ficou quieto. O silêncio era dividido com o canto abafado das rolinhas fogo-pagou pousadas em um caminho cheio de seixos e de folhas secas, que levava a uma casinha construída de pau a pique, com apenas um cômodo de uns seis metros, chão batido, porta e janela pequenas.

Na frente da casinha, Josefa, jovem mãe, com pouco mais de vinte anos, cabelos longos, olhos vivazes e bem claros, rosto com traços marcantes e corpo esbelto, tinha no colo seu filho de apenas dois anos. Sentada em um tamborete, ela se preparava para tirar uma fotografia com o menino. Ele apresentava uma pequena mancha e um caroço do lado esquerdo do abdômen, que estava crescendo; era grande a preocupação da mãezinha, que orava insistentemente aos Céus. Possivelmente o garoto não 'vingaria', como diziam os pessimistas, mas Josefa, com sua confiança absoluta nos desígnios do Deus, orava confiantemente e aguardou.

Tiraram a fotografia e ela a guardou com carinho e zelo. Os dias se passaram e a mancha e o caroço desapareceram. Suas preces tinham sido atendidas, e o garoto ficou curado.

Ele foi crescendo e recebeu carinhosamente o apelido de Totonho. Em 1958 a família já estava bem maior, contava com sete filhos. Antonio, o Totonho, de nove anos, Maria, a Bibia, de oito, Francisco de sete, Argemiro de cinco, Otaviano de quatro, Francisca das Chagas de dois e Terezinha, com apenas um ano de vida.

A vida no sertão da Paraíba era muito difícil, mas, apesar de todas as dificuldades, estavam juntos.Certo dia, enquanto os menores brincavam na frente de casa, duas vozes bem distintas se entrelaçavam em um diálogo terno dentro dela.

— Mãe — chamou o menino, sentado em cima de um monte de vagem, debulhando feijão.

— O que foi, Totonho? — perguntou dona Josefa com carinho, enquanto recolhia os grãos por ela escolhidos para colocar na panela.

— Quando o pai vai voltar?

— Não sei, meu filho. Por quê?

Totonho refletiu, enquanto continuava debulhando o feijão, e disse:

— É que faz mais de seis meses que não temos notícias dele... — respondeu o garoto, com a fisionomia demonstrando tristeza.

— Não fique assim, Totonho. O que está acontecendo com meu menino, que está tão triste? A mãe vem percebendo a sua carinha de abatimento — disse ternamente. — Seu pai tem o jeito dele e foi vender aqueles animais, em um lugar muito distante. Não esqueça, filho, que o Maranhão é muito longe daqui, e essas coisas demoram mesmo.

O menino parou de debulhar o feijão e olhou fixamente para a mãe.

— Não estou triste, mãe, e peço que não se preocupe com isso. É que vejo a senhora trabalhando muito e fico pensando o que posso fazer para ajudá-la um pouco mais — disse Totonho meigamente e com os olhos brilhantes.

— Meu menino, você já faz muito por todos nós. É responsável e me ajuda praticamente em tudo. O que mais posso pedir? Se não fosse você, não sei se ia dar conta de tudo sozinha.

O diálogo seguia entre mãe e filho quando Maria entrou, trazendo em seu braço esquerdo a irmãzinha caçula, Terezinha, e no direito a irmã Francisca.

— Mãe, mãe... Acode! — disse Maria aos prantos.

— O que foi, Bibia, o que aconteceu, mulher? Por que esse choro todo? — perguntou a mãe querida, buscando acalmá-la.

— Os meninos estão fazendo arte. Ficam atirando mamonas na gente e isso dói, mãe! — disse nervosamente, ao mesmo tempo em que exibia o bracinho com marcas.

Totonho levantou-se no mesmo instante do monte de vagem e foi lá fora. Minutos depois, retornou.

— Bibia, não chore mais. — disse ele, determinado — Falei com todos eles e não vão mais brincar assim. Pode ficar tranquila — consolou o garoto, que já demonstrava o seu espírito de liderança e proatividade. Sua mãe fitou-o orgulhosamente.

— Eis aí, Totonho, a sua grande ajuda — disse dona Josefa com ternura.

Naquele momento, ouviram alguém bater palmas.

— Dona Josefa? Ó, dona Josefa! — gritou uma voz lá de fora, e todos saíram para ver.

— Boa-tarde, dona Josefa! Estou lhe trazendo uma carta do senhor Noé — disse o portador.

— Boa-tarde e muito obrigada — agradeceu dona Josefa, recebendo a carta.

A carta do marido pedia a ela que reunisse os pequenos e viajasse ao Maranhão para juntar-se a ele em novos desafios.

Com a esperança de uma vida menos sofrida para os filhinhos, Josefa aceitou o convite e partiram em um caminhão pau-de-arara, rumo ao Maranhão.

Infelizmente, Josefa e seus filhos não imaginavam encontrar pela frente a grande epidemia de sarampo que assolava o país.

— Mãe! — gritou Bibia em desespero. — Francisca e Terezinha estão muito quietas, parecem doentinhas. As duas estão estranhas.

Após alguns dias de viagem sofrida, tinham parado em um lugarejo para o descanso e o lanche.

A mãezinha dedicada alimentava os filhos. A comida que levavam tinha que durar até a chegada ao Maranhão, e a viagem levaria aproximadamente 20 dias. Enquanto a mãe alimentava alguns filhos, os outros brincavam. Josefa parou imediatamente o que estava fazendo e correu para observar o que estava acontecendo com as caçulas, Francisca e Terezinha. Quando colocou as mãos delicadas nos rostos delas, percebeu a febre alta e que as duas estavam com coriza.

— Minha Virgem Maria! Essas meninas estão muito quentes. O que será que aconteceu, meu Deus, com essas duas meninas?! — disse aflita.

— Mãe, não se aflija. Deve ser apenas uma gripe. Elas estavam boas até agora... — tentou consolar o menino Totonho. Os outros irmãos pararam de brincar, de comer e ficaram juntos, olhando as pequenas Francisca e Terezinha abraçadas à mãe, entristecida e preocupada. Mas, infelizmente, em razão das condições precárias da viagem e do lugar, não tiveram outra alternativa a não ser subir novamente na desumana carroceria do caminhão e seguir a viagem. Triste situação em que seres humanos são tratados à semelhança de pobres animais maltratados.

A viagem seguiu e as duas irmãzinhas, apesar dos cuidados de sua mãe, que preparava chás para tentar conter a febre alta, foram piorando.

— Mamãe, será que eu vou melhorar? — perguntou ardendo em febre a pequena Francisca, enquanto segurava sua boneca de pano. — A Terezinha também está doente como eu?

— Querida, não se preocupe. Nós estamos aqui com vocês e Nosso Senhor Jesus Cristo está vindo aqui. Confiemos em Deus, filhinha — disse Josefa, comovida e procurando disfarçar os olhos cheios de lagrimas. — Veja a sua irmãzinha, ela está quieta para melhorar. Não fique preocupada.

— Francisca, fique quietinha aí para melhorar logo — gritou Bibia. — Não ouviu a mãe dizer que Jesus está vindo? Então, mulher, não quer melhorar?

A pequena Francisca fez um sinal afirmativo com a cabeça e entregou a sua boneca para a irmã.

– Bibia, fique com ela. Depois você me dá. Estou com sono – concluiu Francisca, com os olhos quase fechando.

Bibia pegou a boneca e chorou em silêncio.

– Mamãe, Francisca e Terezinha vão melhorar, não vão?

– Bibia, não chore filha. Confiemos em Deus! Ele vê nosso sofrimento. Confiemos... – consolou a mãe com ternura.

Todos estavam juntos na carroceria do caminhão, orando. O abatimento era geral. Infelizmente, Francisca não acordou mais e seus pequeninos e singelos olhos fecharam-se para sempre. A Terezinha, tão pequena, tão delicada, ainda respirou por mais um quarto de hora e também cerrou os olhinhos para sempre. A dor era duplamente terrível. Totonho não conseguia falar. Estava estático. "Meu Deus, meu Jesus, o que está acontecendo?", se perguntava o garoto mais velho de Josefa. Bibia e os outros irmãozinhos estavam em choque.

Tinham que parar. Não podiam prosseguir.

O motorista foi avisado das tristes e dolorosas perdas e parou o caminhão próximo a um cemitério abandonado na estrada. Foi ali, isoladas do mundo, que as duas irmãs foram sepultadas. Dura realidade que se abateu sobre aquela família do Sítio Paixão.

"Meu Deus, será que eu não poderia ter evitado essas perdas irreparáveis?", refletia Josefa, procurando uma resposta para tudo aquilo. "Elas eram tão pequeninas...", concluiu em pensamento.Josefa buscou reunir forças orando em voz alta, acompanhada por todos:

— Pai de misericórdia e bondade infinita. Senhor da vida. Nesse momento de grande dor, perdoa-nos a fraqueza e as nossas faltas. Em Tuas mãos, Senhor, entregamos as pequeninas bênçãos de nossas vidas, Francisca e Terezinha, e confiamos sem questionamento em Teus propósitos; só te pedimos, Senhor: tende piedade de todos nós e abençoa-nos com Teu amor incomensurável. Concedeste-me um dia esses tesouros incalculáveis e agora os devolvo ao Teu coração de Pai. Ajuda-nos a superar essas perdas sem revolta nem ideias preconcebidas. Dê-nos, Senhor, força e fé para continuarmos a nossa jornada fazendo o melhor um pelo outro. Assim seja.

O desalento era terrível nos corações de todos que acompanhavam aquela forte e corajosa família. Havia um homem, "matuto do pé da serra", como se diz no sertão, conhecido por *Curió do Brejo*, que dividia um espaço dentro do caminhão, que agora levava saudade e dor. Com todos envolvidos pela tristeza depois do sepultamento, houve um grande silêncio, que ele quebrou.

Saudade é aquilo que fica
Daquilo que não ficou...

Francisca mais Terezinha
São dois anjos de mãos dadas,
Vão pelos campos de Deus
Plantando luz nas estradas,
Seus sorrisos sejam flores
Perfumando as caminhadas!

Tiveram vida sofrida
Neste Nordeste de dor.
Foram tantos desafios,
Quase uma vida sem cor,
Sem brilho, sem alegrias,
Mas na presença do amor!

Levam as flores mais lindas
No embornal da saudade,
As lembranças da família,
Que desde a mais tenra idade,
Foi-lhes o exemplo de luta,
De união e verdade!
Em seu lugar fica o luto,
Na tristeza que chegou...
Foi como um punhal no peito
A dor que a vida cravou,

Partiram duas irmãs
E essa família chorou.

Saudade é aquilo que fica
Daquilo que não ficou...

A paisagem era desoladora e o silêncio, duradouro. Subiram novamente na carroceria e seguiram viagem rumo a novas terras. Josefa, abraçada aos filhos, procurava reunir forças, orando em silêncio, quando o menino Totonho perguntou com ingenuidade:

— Mamãe — disse, com lágrimas nos olhos. — A senhora disse a Francisca que Jesus estava vindo. Ele veio buscá-las, é isso?

— Meu filho, claro que Jesus veio buscá-las. Elas eram anjos que aqui vieram nos amar. Sei perfeitamente o que você e seus irmãos estão sentindo. É muito difícil mesmo a dor da separação. Mas Deus, nosso Pai, nos mostra a renovação por meio de novo rumo, nova direção, e depende de nós mesmos fazer o melhor pelo Bem Eterno. Só a fé inquebrantável em Deus pode superar qualquer barreira, qualquer dificuldade. Quando estamos sós, é muito difícil, mas não impossível vencer. Porém, quando estamos juntos, tudo podemos superar. Quando Jesus mostrou aos discípulos o feixe de varas, Ele se referiu à união. Unidos, filho, somos força; separados, somos muitas vezes simples pontos de vista. Lembre-se sempre disso – concluiu a mãezinha querida de Totonho, Bibia, Francisco, Argemiro e Otaviano. Agora, eram cinco.

Após vários dias de sofrimento em cima do caminhão, chegaram ao destino. Josefa estava abalada com a morte das filhas e não se adaptou ao lugar. Então, decidiu retornar à Paraíba, deixando Noé, o marido, sozinho com seu novo desafio.

Totonho, o menino mais velho daquela mulher corajosa e determinada, sentiu que precisava mudar as coisas. Passou por muito sofrimento e dor, muita fome e miséria. Pensava e pensava, era o que mais fazia o garoto. De volta à Paraíba, não demorou muito tempo e receberam a notícia da morte de Noé. A informação que a família teve foi de que o marido de Josefa tinha sido assassinado em terras maranhenses.

Mais um abalo na família. Agora, precisavam se organizar para poderem continuar a vida. O menino Totonho, o Antonio de dona Josefa, dividiria o trabalho com a mãe. Trabalhando de sol a sol, Totonho foi crescendo e a vida, avançando. Até a roupa era feita com o algodão plantado nas terras em que viveu. Assim, ele se multiplicou em tarefas diversas para ajudar a manter a família. Acostumado ao trabalho braçal, Totonho, menino de muitos sonhos, viveu castigado no sertão quente e desolado do mundo por muito tempo. Estava fadado ao abandono e à estagnação se continuasse por ali. Precisava avançar, crescer, a fim de poder ajudar melhor seus irmãos e sua mãe querida.

Passaram-se mais de quatro anos e Antonio, o Totonho de dona Josefa, construiu paiol de algodão, de milho e outras coisas com a ajuda da mãe. Mas, apesar de todos os esforços, as expectativas para um rapaz ativo, dinâmico e de muitos sonhos não existiam por ali. Ele começou a pensar em ir para São Paulo.

Em 1963, uma surpresa para todos veio chegando ao longe. Uma voz gritou:

— Olá, pessoal. Estou de volta! Quem disse que eu morri?!

Antonio e Josefa estavam dentro de casa tomando café quando se entreolharam assustados.

— Mãe, está ouvindo o mesmo que eu? — perguntou o rapaz, assustado.

— Estou, filho... Parece mesmo a voz de seu pai.

Novamente os gritos, agora mais próximos.

— Mas que povo medroso é esse daqui. Ficaram com medo de mim e ninguém sai de dentro de casa. Eu não sou assombração! Estou vivo.

Mãe e filho saíram à porta de casa para ver.

— Mãe, é ele mesmo! — disse Antonio quando avistou o pai ao longe.

Realmente, não era assombração. Era o marido de Josefa, pai de Antonio, que voltou após tantos anos longe de casa e dado como morto.

– O que aconteceu, Noé? Você estava vivo esse tempo todo e não nos avisou? – disse dona Josefa, indignada.

– O caso é que eu estava sendo procurado pela polícia, que me acusava de um crime. Então, não podia voltar para casa – justificou Noé.

– Ué! Mas você não podia enviar uma carta? Ou um aviso por alguém? Não consigo entender como uma pessoa passa tantos anos fora, sem nenhuma carta, nenhum sinal de vida, deixando a família acreditar que ela estava morta, sofrer com uma notícia falsa e não se preocupar em contar sobre o que de fato aconteceu. Isso é um absurdo sem fim... – disse Josefa nervosamente.

O jovem Antonio acompanhava tudo aquilo sem saber o que dizer. Era muito difícil para ele presenciar tudo aquilo.

Após muita conversa e para viver sem a tortura da perseguição, Noé resolveu se entregar à polícia do Maranhão e foi preso. Alguns anos mais tarde, foi julgado e absolvido. Depois, voltou à Paraíba e foi morar em Cachoeirinha, uma cidade de uma rua apenas, bem perto do Sítio Paixão.

Aconteceram muitas coisas nessa época que fizeram o agora rapaz Antonio pensar em se mudar para a capital paulista. Seria o palco dos seus sonhos.

Em 1964 aconteceu o golpe militar; Antonio contava então 15 anos. Sentia mais e mais a vontade de se preparar para um dia seguir em direção aos seus sonhos. Foi então que se matriculou em um curso de alfabetização. Com muito esforço e a dedicação de sua professora, Terezinha, avançou rapidamente. Acontece que o jovem rapaz foi se encantando com a professora recém-formada. Terezinha era jovem, bonita e despertou em seu aluno uma paixão jamais revelada.

Terezinha foi a incentivadora de seus estudos, que o levaram à admissão no curso ginasial do Colégio Caçula Leite. Concluiu-o em 1968.

Antonio seguiu se preparando em trabalhos diversos em Conceição do Piancó: Companhia Intermunicipal de Comunicação do Vale do Piancó, Companhia de Água e Esgoto do Estado da Paraíba e até no cartório da cidade ele serviu. Sua participação era significativa, sempre com o espírito de contribuir, e ele foi seguindo, passo a passo. Tornou-se membro diretor da União Social dos Estudantes de Conceição (USEC), tendo ao seu lado o primo, Nilo Ramalho, que hoje é Desembargador e Corregedor-Geral do Tribunal de Justiça da Paraíba.

Em seus pensamentos, os sonhos de crescimento e serviço eram constantes. Ele integrava-se dia a dia, contribuindo em assuntos nos quais a política pudesse ser a mão auxiliadora na batalha em favor da comunidade. Sua contribuição era determinante e o gosto por servir fazia parte de sua vida.

E, assim, o pequeno menino Totonho, entre sofrimento e dor, trabalhos e serviços, alcançou os 18 anos de idade. Pensou em falar com sua mãe sobre tudo que desejava fazer, tudo que sonhava realizar.

Já passava das 21 horas quando o jovem Antonio chegou em casa. Sua mãe estava sentada em uma cadeira de balanço, parecia descansar.

– Mãe, a senhora está acordada? – disse baixinho. Ela abre os olhos serenos e olha carinhosamente para o filho.

– Boa noite, Totonho! Eu estava mesmo te esperando – disse calmamente.

– Aconteceu alguma coisa, mãe? – questionou atencioso.

– Não, filho, não aconteceu nada. É que eu percebo há algum tempo sua ansiedade para buscar novos desafios na cidade grande – revelou Josefa, com carinhoso afago.

Antonio sentou-se ao seu lado, pensou por um instante, depois outro, e disse:

— Sim, mãe. A senhora tem razão. Eu vinha mesmo querendo conversar sobre isso. Sinto a cada dia que preciso ir para São Paulo, onde posso construir meus sonhos e voltar em melhores condições de ajudar nossa gente. Entendeu, mãe?

O olhar cristalino e profundo de sua mãe era como um bálsamo a banhar a sua alma, que já sentia um vazio no coração.

— Meu menino Totonho, você sempre foi um filho prestativo e amoroso. Vejo que vem se preparando com grande empenho para seguir seu caminho em outro lugar, onde possa construir o alicerce de seus sonhos. Você sempre foi um sonhador, não é verdade? — perguntou com um sorriso iluminado. — Mas também sempre foi um rapaz empenhado em transformar aquilo em que acredita em algo real. Então, filho querido, eis a sua chance, eis o seu momento. Vá, Totonho, e cresça ainda mais para retribuir na grande obra da criação, auxiliando e servindo aos menos favorecidos. Você é o cultor devotado no caminho do progresso e tudo pode conseguir se acreditar que pode. Mas, lembre-se, não será fácil. Terá que ter muita força e, sobretudo, fé — enfatizou Josefa com determinação.

Antonio refletiu.

— É verdade, mãe. Sei que não será fácil.

— Totonho, lembre-se de que na vida só não superamos aquilo que não acreditamos superar, entendeu? Pois, se acreditarmos de fato, nossa fé fará o resto. O impulso que a fé proporciona vem depois da vontade de querer. Sem a vontade real, a fé não tem base. E vontade de vencer você tem de sobra, não é mesmo, filho? — concluiu sorrindo.

— Verdade, mãe. Eu tenho mesmo. Obrigado por tudo mãe, a senhora estará sempre comigo no coração.

— Sim, estarei sempre com você, Totonho, aqui e onde Deus nos espera depois de fecharmos os olhos para a vida na Terra.

— Não diga isso, mãe! A senhora viverá muito e muito tempo. Que história é essa agora?! — disse enérgico.

Josefa sorriu amorosamente e não respondeu. Apenas segurou vibrantemente as mãos do filho, em um momento sublime de luz e paz.Assim, Antonio, o Totonho de dona Josefa, seguiu rumo à São Paulo dos imigrantes, de muitos povos e de tantos sonhos.

7

PALCO DOS SONHOS

"Meu São Paulo da garoa,
- Londres das neblinas finas -
Um pobre vem vindo, é rico!
Só bem perto fica pobre,
Passa e torna a ficar rico."

Mário de Andrade

O canto do galo soou ao longe avisando que o dia estava amanhecendo. Antonio quase não dormiu, ansioso com a espera pela viagem. Levantou-se e conferiu o relógio: 5h20 da manhã. As suas coisas já estavam prontas em uma única mala azul que dona Josefa tinha ajudado a organizar. Economizou durante muito tempo dinheiro suficiente para a compra da passagem e o que sobrasse daria para comer alguma coisa até chegar a São Paulo.

Despediu-se de dona Josefa com muita tristeza.

— Mãe, chegou a hora de partir. Obrigado por me ajudar a ir em busca de meus sonhos. Obrigado por me ensinar a ser forte e a enfrentar as adversidades da vida com determinação e fé. Vou, mas estarei sempre em contato e espero que me escreva dando-me notícias daqui. Peço que a senhora se cuide — disse Antonio com os olhos marejados.

— Totonho, filho querido. Eu o amo eternamente e, apesar da saudade já estar incomodando, estou feliz por você. Vá, meu filho, com fé e coragem, lembrando-se do que conversamos, e trabalhe firme para vencer. Não se esqueça de que será dura a luta por lá. Terá que ser determinado e forte. Lembre-se de que estarei aqui, orando por você. Escreva-me sempre que puder — disse Josefa com um abraço apertado e encorajador. — Deus o acompanhe e o abençoe sempre, meu filho.

Ficaram abraçados por um longo tempo, sentindo o calor de mãe e de filho. Um momento inesquecível.

Antonio, com a cabeça deitada no colo da mãe, deixou rolar algumas lágrimas, que foram absorvidas pelo tecido do vestido simples de dona Josefa, sua querida mãezinha. Beijou-lhe as mãos sofridas, mas seguras e amáveis, acariciando-as ternamente.

— A sua bênção, mãe — disse o rapaz respeitosamente, beijando-lhe as mãos amorosas.

— Deus o faça feliz, meu filho — respondeu dona Josefa com o mesmo gesto carinhoso, beijando as mãos calejadas de seu primogênito. — Vá em paz! — concluiu.

—Obrigado mais uma vez, mãe! — disse ele olhando em seus olhos, com gratidão.

— Não tem por que agradecer, Totonho. Estaremos sempre juntos. Vá, meu filho, já está na hora — avisou Josefa, enxugando as lágrimas com as costas das mãos.

Antonio, que estava de joelhos à frente da mãe, sentada na cadeira de balaço, levantou-se, pegou a mala e caminhou até a porta. Após abri-la, parou por um momento e pensou, sendo observado por dona Josefa em silêncio. Lentamente ele virou-se e olhou para ela. Deu um sorriso saudoso, acenando com a mão, e saiu porta afora.

O jovem Antonio, o Totonho de dona Josefa, foi andando e olhando para tudo que estava à sua volta, como quem quer guardar boas imagens. Caminhou até uma praça e subiu em um caminhão pau-de-arara que o levou para João Pessoa, onde embarcaria em um ônibus com destino a São Paulo. A viagem até a capital paraibana foi muito longa e difícil.

Já passavam das 17 horas quando chegou à rodoviária de João Pessoa. Foi até o balcão para comprar a passagem. E, se não bastasse a longa viagem em cima de uma carroceria de caminhão, descobriu que o próximo ônibus só sairia no dia seguinte, por volta do meio-dia. De posse do bilhete de viagem, não restava outra alternativa a não ser dormir em um banco da própria rodoviária e esperar a hora do embarque. O sofrimento pelo cansaço era grande e, para completar, sofreria a privação de uma cama. No entanto, não tinha como mudar aquela situação, pois o dinheiro era contado. Então, conformou-se, sem reclamações íntimas.

"Não vou comer nada hoje. Vou guardar o que me resta para outro momento", pensou Antonio.

A decisão já tinha sido tomada e o jovem filho de Josefa estava determinado a seguir em frente, mesmo que isso lhe custasse sofrimento e dor. Antonio procurou um banco e sentou-se. Havia um grande relógio na parede bem à sua frente que marcava 20h15.

Ele trazia no bolso o nome e o endereço de um amigo e conterrâneo, o Ramos, que morava em São Paulo. Lá, ele pediria ajuda para arrumar um emprego.

Assim, Antonio ficou ali sentado por várias horas, com fome e cansado. Não tinha o que fazer, só no que pensar, e isso ele fez bastante. O tempo foi passando quando o grande relógio na parede indicou 0h15. O silêncio se fez presente e o sono tornou-se incontrolável. Foi então que o jovem Antonio ajeitou-se melhor na cadeira e acabou dormindo. Ficou ali a noite inteira, se virando de um lado para o outro, tentando encontrar a melhor posição para continuar dormindo, até que o dia amanheceu.

Antonio abriu os olhos e despertou. Ficou em pé e se espreguiçou todo, esticando os braços para o alto. "Que noite...", pensou, sentindo o corpo todo dolorido.

— Dormir uma noite inteira desse jeito, depois de um dia inteirinho que Deus dá, em cima da carroceria de um caminhão velho, sacolejando que nem cuia de cego pedindo esmola na feira, é negócio pra doido mesmo! — murmurou Ramalho.

Pegou a mala e saiu da rodoviária. Resolveu andar um pouco pelas redondezas até próximo das 11 horas. Sentiu que precisava caminhar.

O jovem Totonho do Sítio Paixão, da pequenina Cachoeirinha e de Conceição do Piancó seguiu caminhando e pensando nas possíveis situações que o aguardavam na terra da garoa. Seus pensamentos construíam mentalmente, pouco a pouco, imagens de trabalho e luta. "Não posso sofrer mais do que já sofri aqui", refletiu ele, enquanto caminhava. "Não vou pra lá com a ilusão de que vai ser fácil.

Não, isso não! Eu não sou besta de pensar assim, mas uma coisa é certa: terei muito mais chance de realizar meus sonhos lá do que naquele sertão onde só tem cabra e bode", pensava, justificando a sua decisão para si mesmo.

E assim foi pensando e refletindo até voltar à rodoviária de João Pessoa e embarcar para São Paulo. Enfrentaria mais de trinta e cinco horas de viagem até lá.

Já dentro do ônibus, Antonio procurou a sua poltrona, ajeitou a mala e sentou-se ao lado de um senhor de idade avançada, que possivelmente já alcançara os setenta e oito aniversários, mas muito vivaz e simpático. O homem foi logo se apresentando:

– Boa-tarde! Meu nome é Gerson – disse o senhor, educadamente. – Vamos ficar juntos aqui durante muitas horas, não é mesmo? – concluiu o velho, sorrindo.

– Muito prazer! Meu nome é Antonio. É verdade, sim, muitas horas sentados... – respondeu o rapaz, enrugando a testa e repuxando os lábios. "Ah, se ele soubesse que eu fiquei mais de dez horas sentado em um banco duro como ferro e que serviu até de cama", pensou o jovem Antonio.

O homem era magro, tinha os cabelos brancos e a pele morena. Seu rosto e pescoço eram vincados pelas rugas. Tinha orelhas grandes e olhos ligeiros.

– Você tem o mesmo nome que dei ao meu caçula – revelou. – Você é daqui mesmo, de João Pessoa? – perguntou o velho, puxando conversa.

– Nasci no Sítio Paixão, morei em Cachoeirinha e em Conceição do Piancó. E o senhor? – perguntou o rapaz, prosseguindo com a conversa.

– Sou de Santana de Mangueira, conhece?

– Sim, conheço. É uma boa cidade.

– Sim, é uma ótima cidade. Deixei muitos amigos por lá – revelou o velho.

– E você, Antonio, está indo para São Paulo trabalhar?

– Estou. Vou em busca de meus sonhos. É assim que penso – disse firmemente o jovem Antonio.

– Que bom que tenha sonhos. Você é muito jovem e vai aprender muita coisa ainda na vida. Sem tirar os méritos do que possivelmente já tenha aprendido, não é mesmo? – comentou calmamente Gerson.

Nesse momento o motorista deu a partida no ônibus e começou a fazer uma manobra. Um silêncio se instalou por vários minutos. O ônibus percorreu as ruas de João Pessoa, acompanhadas atentamente pelos novos amigos, Antonio e Gerson.

Não demorou muito e o veículo pegou a estrada rumo à capital paulista. Até esse momento, os companheiros de viagem ficaram em silêncio, quando Antonio perguntou:

— Quantos filhos o senhor tem?

O velho, que olhava através da janela, virou-se, pensou um pouco e respondeu:

— Bem, infelizmente já sou viúvo, mas eu e minha velha tivemos dois filhos, Luiz e Antonio. Agora só me restou um que mora em São Paulo. E é para casa dele que estou indo.

O jovem Antonio pensou por uns instantes e tornou a perguntar:

— Desculpe-me, senhor Gerson, a pergunta infeliz, mas qual deles morreu?

O velho Gerson fez uma pausa e respondeu pesarosamente:

— Foi o Antonio, o nosso Toinho, como carinhosamente o chamávamos. Uma perda terrível. Era muito jovem ainda. Dezoito anos apenas — revelou tristemente o velho.

— Minha nossa! Com dezoito anos? — perguntou indignado o Antonio de dona Josefa.

— Que coisa, eu também tenho dezoito anos, completei em maio... Eu sinto muito, senhor Gerson. Sei muito bem o que é perder uma pessoa que amamos.

— É, meu jovem Antonio... A vida é assim mesmo. Nascemos, crescemos e depois partimos de retorno à nossa verdadeira vida, a eterna. Aqui, tudo é passageiro, meu caro — disse sabiamente. — Pois bem, nosso Toinho nos deixou muito cedo, infelizmente.

— Percebo que o Toinho, como o senhor o chamava, deve ter sido um filho muito bom — disse Antonio com interesse.

— Sim, um excelente filho e um ser humano grandioso — revelou o velho, com emoção na voz.

Antonio sentiu que o novo velho amigo de viagem tinha muita coisa para contar.

— Fiquei admirado com a resposta do senhor, é como se o senhor tivesse aprendido com ele muito mais do que ele com o senhor.

— Pois acertou em cheio, meu jovem Antonio — disse orgulhoso o velho.

— E o senhor pode me contar como foi a sua experiência com ele? — perguntou o jovem, ainda mais interessado pelo que poderia aprender.

— Bem, é uma longa e dolorosa história. Mas, temos tempo, não é mesmo? — brincou, sorrindo. — Minha vida sempre foi e continua sendo um grande aprendizado. Perdemos o nosso filho caçula quando ele ainda era muito jovem; como eu já falei, com apenas dezoito anos de idade. Batizei-o de Antonio em homenagem ao meu pai, mas todos o chamavam carinhosamente de Toinho. Morávamos em Sousa nesse tempo — continuou Gerson — e depois nos mudamos para uma fazenda próxima da cidade. Foi então que resolvemos abrir uma mercearia para vendermos de tudo um pouco: queijo, pão, mel, leite fresquinho, essas coisas. Tínhamos uma vida tranquila, até o dia em que Toinho caiu de seu cavalo e ficou paralítico. Minha velha mudou muito com o acidente de Toinho. Já era uma mulher muito quieta e, com a paralisia dele, ficou ainda mais retraída.

A voz do velho ganhou um tom mais grave, de confidência.

— Cada pessoa tem uma maneira de reagir, não é mesmo? Ninguém é igual a ninguém, podemos ser parecidos, mas jamais iguais — disse, quase cochichando ao ouvido do rapaz.

Antonio acompanhava com grande interesse a história de vida daquele senhor distinto que sentava ao seu lado.

— Bem — continuou Gerson —, apesar de meu filho ter ficado confinado a uma cadeira, paralisado, ele não se abateu. Mesmo assim, encontrava forças para nos consolar e até ajudava as pessoas com seus aconselhamentos. Estava sempre disposto, alegre e tinha um ótimo humor. Vivia fazendo graça... As pessoas vinham conversar com ele e saíam alegres. Veja você, ele era um exemplo com tão pouca idade! Um menino sabido demais. Possuía um senso de justiça impressionante. Uma de suas mais belas atitudes, de que jamais me esquecerei, aconteceu alguns meses antes do acidente. Certa manhã passou pela fazenda um homem que negociava com pássaros especiais, daqueles que cantam muito, sabe? – perguntou o velho, empolgado.

– Sei. São uma beleza mesmo – disse o rapaz, sem piscar.

– Fiquei encantado com três deles: um cardeal, um curió e um belo azulão. Cada um tinha sua gaiola. Comprei-os. Pensei em ficar com um deles e dar de presente um para a Pastorinha, minha velha, e o outro pro Toinho. Ele sempre apreciou os pássaros. Com certeza iria gostar. Bem, quando ele chegou, chamei-o à mercearia e, junto com sua mãe, ficamos admirando os pássaros nas gaiolas que já estavam penduradas na viga. Ouvíamos os cantos mais incríveis...

"Gostou Toinho?", perguntei.

"Muito!", respondeu ele, sem tirar os olhos dos pássaros.

"Então, de qual deles você gostou mais?".

"De todos, papai, de todos!", exclamou eufórico. Foi aí que ele nos surpreendeu.

"Papai?", chamou-me ele. "Se eu lhe pedir de presente o seu pássaro além do meu, o senhor me dá?" Seus olhos brilhavam feito gotas de orvalho quando me perguntou. "Claro!", respondi. "Eu daria qualquer coisa para vê-lo feliz, Toinho". Então, ele me agradeceu beijando-me no rosto. Depois, fez a mesma pergunta à mãe. Estranhamos, mas era o nosso filho! E Pastorinha lhe respondeu:

"Eles são seus, Toinho! Todos seus, meu filho!" Foi o que minha velha disse. "Eu os pendurei aí, mas você pode colocá-los onde quiser, Toinho", expliquei. Nosso filho ficou observando os pássaros e parecia que nem estava me ouvindo. Ficou ali por alguns instantes, matutando, matutando, depois subiu ligeiro no balcão. Eu e a Pastorinha ficamos espiando pra ver o que ele ia aprontar. Era um menino danado de sabido – disse o velho com ar de saudade. – Subitamente, Toinho voltou-se pra mim e perguntou:

"O senhor não disse que eu posso colocá-los onde quiser?".

"Foi!", respondi. Ele esfregou as mãos com rapidez, virou-se para a primeira gaiola e escancarou a portinhola, fazendo o mesmo com as outras duas, ao mesmo tempo em que falava:

"Sabe, papai, eu acho melhor colocá-los lá fora, onde todo mundo possa ouvi-los, não acha?".

Os olhos do jovem Antonio de dona Josefa pareciam de vidro. E o velho continuou:

– Você pode imaginar o que aconteceu – disse sorrindo. – Toinho era danado. Desceu do balcão como se fosse ele que tivesse conquistado a liberdade, como se só naquele momento tivesse realmente recebido o presente. Ficamos em silêncio olhando os pássaros saírem das gaiolas, um a um: primeiro o curió, depois o azulão e, alguns minutos depois, o lindo cardeal, que posou antes no batente da janela e, em seguida, levantou voo em direção à liberdade. Debruçamo-nos na janela para observá-los pousados nos galhos de uma bela caraibeira que ainda existe lá na fazenda. Ficamos espiando até que eles desapareceram. Antes de nos retirarmos, ouvimos palavras que jamais nos esqueceremos de nosso Toinho:

"Papai, obrigado por tê-los deixado ir. Sempre lhe falei de minha admiração pelos pássaros, só esqueci-me de dizer que gosto de vê-los livres, cantando nos galhos das árvores, como aquela", concluiu ele, apontando para a caraibeira.

Antonio estava muito admirado com o velho Gerson e seu filho.

— Até hoje não tive coragem de tirar aquelas gaiolas de lá — confessou Gerson, com os olhos cheios de lágrimas. — Nunca esquecerei aquele momento. Meses depois aconteceu o acidente. Foi então que ele começou a passar as tardes lendo, estudando e ensinando o povo de lá. Construímos uma pequena escola, lá perto, e ele organizava tudo, ensinando a meninada e os matutos também, inclusive a mim! — arrematou, sorrindo.

Gerson parou de falar e dirigiu o olhar agora triste para longe, bem longe, na direção da paisagem através da janela do ônibus, que seguia rápido. Antonio observava em silêncio. Por alguns instantes, Gerson parecia não estar mais ali. De repente, voltou o olhar para o rapaz ao seu lado e finalizou:

— Ficamos com ele pouco tempo. Dois anos depois, repentinamente, teve uma dor no peito e não pudemos fazer nada. Ele havia nos deixado.

Os olhos do pobre homem se encheram novamente d'água e, por um momento, ele silenciou. Tirou do bolso da calça um lenço e enxugou as lágrimas, vagarosamente.

— Desculpe-me — disse com a voz trêmula. Novamente silenciou, por um minuto, depois outro. Recuperou-se, deu um leve sorriso e informou:

— Como você percebeu, aprendi muitas coisas com ele e uma delas foi a gostar da leitura. Hoje, leio muito. O tempo lá na fazenda demora pra passar e eu aproveitava pra ler. É muito bom! Faz-me bem!

A viagem seguiu e Antonio foi aprendendo lições de vida que até então desconhecia. O ônibus chegou a São Paulo enquanto ele dormia em sua poltrona. Após a extenuante jornada, desembarcou na antiga rodoviária da Luz. Era o dia 17 de dezembro de

1968, uma terça-feira. São Paulo tinha uma temperatura baixa, cerca de 8 graus. Fazia muito frio e uma garoa fina caía impiedosamente naquela tarde. Antonio despertara ao lado do velho amigo Gerson. Estavam, enfim, na capital paulista[(1)], uma das maiores metrópoles do mundo. Terra dos imigrantes, de todos os povos e de todas as raças.

Antonio, ao descer do ônibus, olhou com grande admiração a nova paisagem de concreto.

– Bem, Antonio, chegamos – disse o velho Gerson. – Foi muito bom tê-lo conhecido. Espero e pedirei a Deus que o proteja e o guie na construção de seus sonhos e na realização deles. Você é um rapaz admirável e, se acreditar com fé, vai vencer – afirmou com amizade o velho.

– Eu o agradeço por tudo. Foram momentos muito agradáveis ao seu lado, senhor Gerson. Pode acreditar. O senhor é mesmo um vencedor – disse com respeito o jovem Antonio.

– Obrigado! Até um dia! – concluiu o homem. Deram-se um aperto de mãos e um forte abraço.Ali começava o novo desafio para Antonio, o jovem rapaz vindo de Conceição do Piancó, no sertão da Paraíba. Não trazia muita coisa na mala, só o

---

(1) São Paulo é hoje a quarta maior metrópole do mundo em área metropolitana, com mais de 11 milhões de pessoas em um território de 1.522,986 km² (Nota do editor)

suficiente para começar, mas tinha no pensamento o maior bem que qualquer pessoa pode ter: *a fé.*

Colocou a mão no bolso e tirou o papel com o endereço do amigo Ramos. Avistou uma banca de jornal do outro lado da estação, foi até lá e obteve as instruções de como chegar à casa do conterrâneo. O primo de Antonio levou-o para conhecer Fausto Lima, que era vereador e depois se tornaria deputado estadual. Assim, ele foi se familiarizando e conhecendo pessoas que o ajudaram no seu começo em São Paulo.

Seis dias depois, Antonio foi admitido em uma construtora indicada por seu conterrâneo José Belém. Começou trabalhando como servente de pedreiro. ONa empresa, fez carreira e grande amizade com seus patrões. Com o passar do tempo, o jovem Antonio foi se entrosando e encontrou no patrão, Arnaldo, um amigo que o ajudou em sua carreira na indústria da construção civil de São Paulo. Antonio contou também com o apoio e o empurrão, como se costuma dizer, dos outros sócios da construtora, Simão e Osvaldo.

O obstinado jovem paraibano foi fazendo amigos que o apoiaram no caminho das conquistas.

Naquele ano o Brasil vivia uma grande turbulência política. O presidente da República, general Costa e Silva, instituiu o Ato Institucional nº5, o conhecido AI-5. Era uma época difícil e muito complicada para a classe de trabalhadores ligada aos sindicatos. Vivia-se o período mais duro da ditadura militar, que durou até o governo do general João Baptista Figueiredo, cujo mandato expirou em 15 de março de 1985.O jovem Antonio seguiu avançando e teve o seu primeiro contato com o universo sindical no ano seguinte, em 1969. Nessa ocasião, visitou a sede do Sindicato da Construção Civil de São Paulo e associou-se. Recebeu a sua credencial e voltou para casa. Ao sair do prédio do sindicato, foi seguido por um soldado do Exercito, que o abordou duramente:

— Seus documentos! — gritou o militar, friamente.

Antonio ficou estático e passou-lhe os documentos, que incluíam a credencial de sócio do sindicato da construção civil. Após achar sua carteirinha de sócio, o soldado maldosamente a rasgou e atirou-a em seu rosto com brutalidade. Antonio permaneceu imóvel.

— Olha, rapaz, é melhor você deixar essa coisa de sindicado de lado antes que lhe aconteça alguma coisa — ameaçou o soldado.O tempo passou e Antonio só voltou a ter novamente contato com o sindicato em 1972.

Enquanto isso, ele foi crescendo na construtora em que trabalhava. Primeiro, de servente de pedreiro a ajudante de eletricidade. Depois, foi encanador e até esgoteiro, meio oficial, oficial de encanador, encarregado e mestre de obras.

O jovem Antonio tinha vontade, determinação e seguiu estudando e fazendo cursos em sua área. Formou-se pelo Senai em Tecnologia do Concreto e Aço e pelo Instituto Falcão Bauer.

Os seus esforços e dedicação foram reconhecidos e ele foi promovido a encarregado-geral na construtora. Tudo isso reforçou ainda mais sua persistência para se especializar a cada momento no mundo da construção civil de São Paulo. Assim, seus sonhos foram sendo realizados; foi construindo dia após dia o seu futuro por meio da fé e da vontade de querer vencer, a fim de contribuir para o crescimento geral de sua classe.

Apesar do serviço braçal, mesmo quando chegou a encarregado-geral ele era de colocar a 'mão na massa', como se costuma dizer[a] Atuava também na parte administrativa da construtora. Sua disposição e competência, somadas à vontade de crescer, eram tão significativas que comoviam os patrões, que passaram a aproveitar sua versatilidade profissional para inúmeras ações da empresa. E o jovem operário seguiu crescendo. Apesar do tempo ser muito escasso, concluiu o segundo grau em um supletivo e, não satisfeito, matriculou-se na Universidade de

Mogi das Cruzes. No entanto, devido à distância e à limitação financeira, chegou ao terceiro ano e foi obrigado a parar.

Os sonhos realmente foram sendo construídos pouco a pouco, todos alicerçados em bases sólidas. Ele foi o verdadeiro pedreiro de sua própria obra. Grandes marcas em sua vida a fé deixou e continua deixando, pois ele não para de construir.

A grande e verdadeira vitória é aquela que realizamos por meio da própria construção interior, na qual a principal ferramenta para a conquista de nós mesmos é a fé que se transforma em obras, na edificação de uma vida melhor em favor de todos nós.

8

Sonhos realizados, novos desafios

"A vida é construída nos sonhos e concretizada no amor."
Chico Xavier

Os anos avançaram rápido e Ramalho, em razão de seus estudos a respeito da natureza espiritual do homem, fortaleceu ainda mais os propósitos de seu sonho na luta em favor dos trabalhadores de sua classe. Ele sentia na própria pele o descaso e a falta de medidas que melhorassem as condições de trabalho e de vida dos operários.

Alguns sonhos ele já tinha realizado, outros estavam em andamento, entretanto, promover mudanças em favor da classe a que pertencia era o grande desafio – o sonho maior que ele há muito tempo já havia idealizado com a influência de sua mãe.

Era verão de 1990. Já tinham se passado 22 anos desde a sua chegada a São Paulo. Naquela ocasião, o Brasil vivia o confisco das cadernetas de poupança, bloqueadas pelo governo do então presidente Fernando Collor[1]. Em consequência desse confisco e de outras situações impeditivas, muitas construtoras e empreiteiras não estavam pagando os seus empregados.

Era uma época em que grande parte dos trabalhadores da construção civil de São Paulo não tinha carteira assinada, o que era um grande complicador para se liberar o dinheiro bloqueado nas contas correntes das construtoras. Isso resultou em grandes prejuízos para os patrões, mas, principalmente, para a classe trabalhadora.

Naquela ocasião, Ramalho já tinha importante experiência nas negociações entre as duas partes. Foi quando recebeu o convite do presidente do Sindicato dos Trabalhadores nas Indústrias da Construção Civil de São Paulo, o senhor Décio Lopes, para participar de suas atividades sindicais.

A princípio, Ramalho ficou temeroso, porque

---

[1] *Plano Collor I* foi anunciado em 16 de março de 1990, um dia após a posse de Fernando Collor de Mello. Uma de suas políticas planejadas incluía: 80% de todos os depósitos do *overnight*, das contas correntes ou das cadernetas de poupança que excedessem a NCz$ 50mil (Cruzado novo) foram congelados por 18 meses, recebendo durante esse período uma rentabilidade equivalente a taxa de inflação mais 6% ao ano. (Nota do editor)

teria que se licenciar por um período longo e isso poderia prejudicá-lo na construtora em que trabalhava. O seu patrão conhecia muito bem os sindicalistas da época e achava que Ramalho não aguentaria muito tempo do outro lado da mesa.

No entanto, como Ramalho tinha prestígio na construtora por tudo que representava para a empresa e pela amizade que conquistou com seus patrões, decidiram que o seu lugar na construtora seria mantido.

— Olha, Ramalho, sinceramente, nós não acreditamos que você vai aguentar o sistema desse pessoal. Até achamos que você não ficará muito tempo por lá. Todavia, fica aqui assegurado o seu lugar. Confiamos em sua força, meu caro — disse encorajador o seu patrão.

E a vida seguiu então em um caminho diferente, com novos desafios para o obstinado Ramalho. Ele sentiu a possibilidade de realizar o seu sonho maior. Agora, como membro do sindicato, o seu esforço e dedicação em benefício dos seus colegas esquecidos, enfim, ganhariam mais força.

Ramalho repetiu a sua versatilidade e dinamismo, passando por diversos setores que o ajudaram em sua experiência no sindicato. Trabalhou no Departamento Jurídico e por aí seguiu sindicato adentro, construindo tijolo por tijolo a base de sua força determinante e racional. Passou momento significativo e até profético quando foi saudado por um membro da diretoria do sindicato que disse, em tom de brincadeira:

— Eis aqui o futuro presidente de nosso sindicato.

Ramalho, ao ouvir essa brincadeira em tom de ironia, não se afetou. Pelo contrário, pensou:

"Pois será o meu objetivo, amigo, para realizar o meu sonho em condições melhores".

E o paraibano de Conceição do Piancó seguiu firmemente em seu caminho, um passo por vez, sem lamúrias nem desânimo, acreditando e lutando com fé e vontade de vencer.

Sua força impulsionadora e contagiante fez com que recebesse tarefas importantíssimas em sua formação como sindicalista atuante pelos direitos de seus irmãos de profissão.

Com a mesma disposição, ele foi crescendo.

Visitou inúmeras obras, adquirindo conhecimento das diversas necessidades de sua classe e foi se envolvendo dia a dia. O seu sonho de lutar de fato e de direito como sindicalista, usando toda a sua capacidade para contribuir na solução de diversos problemas no mundo da construção civil, era cada vez mais efetivo.

"Eu sinto que vou conseguir ajudá-los, sinto e já

consigo ver", pensava. "A minha fé vai me levar a construir um futuro melhor para todos eles", concluiu com convicção o seu pensamento.

As experiências foram se somando ao seu conhecimento, quando ocorreu uma paralisação de aproximadamente 3.500 funcionários da empresa que construía o Shopping Center West Plaza. Os trabalhadores que estavam em greve há cerca de duas semanas exigiam a presença do sindicato. Sem uma condição adequada de comunicação entre o sindicato e os trabalhadores, era quase impossível que houvesse uma solução para o impasse.

Essa condição seria um carro com serviço de alto-falantes. Garantiria-se, assim, uma boa comunicação. Eram 3.500 homens e seria inviável outra condição para negociar. A empresa construtora providenciaria os megafones e o que fosse necessário para acabar com a greve. Mas, infelizmente, mesmo com todas essas condições envolvendo o carro de som e megafones, eles não poderiam ser usados. Era terminantemente proibida a utilização de carro de som, folhetos, jornais, alto-falantes ou qualquer outra forma para o sindicato.

Foi então que Ramalho conversou com seu colega Darci, do Departamento Jurídico sobre a possibilidade de utilização de um carro de som para resolver aquela paralisação.

— Ramalho, vamos conversar com o presidente, mas devo alertar que será muito difícil — informou o amigo Darci, desesperançoso.

— Vamos lá. O que não podemos é ficar parados. Vamos a ele, então — completou Ramalho, confiantemente. Ao entrarem na sala da presidência, sentiram que a resposta não seria favorável, mas já estavam ali e precisavam buscar uma solução.

— Senhor Décio — disse Ramalho —, temos em curso uma greve na obra do Shopping Center West Plaza. São 3.500 trabalhadores paralisados — informou calmamente. — Não existe outra alternativa para negociarmos o final da paralisação, favorecendo os nossos companheiros trabalhadores, sem um carro... — Ramalho não conseguiu concluir a frase porque houve um grito repentino do presidente, que esmurrou a mesa e levantou-se com violência.

— Carro de som?! — completou, nervosamente, o senhor Décio. — Você deve estar louco! Mas nem que o Papa me pedisse de joelhos eu autorizaria um negócio desse — continuou o senhor Décio, com estupidez. — Isso é negócio de baderneiros! — gritou mais alto. — Acho que você não leu a cartilha do sindicato ainda, rapaz. Pois eu aconselho que o faça, caso queira continuar; se não, vai ter que voltar para a empresa de onde saiu — ameaçou o presidente friamente.

Darci e Ramalho estavam atônitos com a agressividade daquele homem, que os tratou com grande desrespeito.

Ramalho foi tomado por um forte impacto, não conseguiu conter-se e se defendeu com firmeza. Estava decepcionado com o que presenciou. Nunca tinha passado por aquilo, um total desrespeito à própria instituição e aos seus membros.

— Aguardo a exoneração por escrito. E vou tomar as minhas providências — concluiu Ramalho energicamente enquanto saía da sala, acompanhado de Darci.

Ramalho e o amigo desceram e foram conversar fora da sede do sindicato.

— O que é isso, Darci?! O camarada é louco mesmo. Você viu como ele me tratou? — disse, indignado, olhando seriamente para o companheiro. — Rapaz, bem que o meu patrão me alertou! — concluiu, admirado.

— É, Ramalho, a coisa aqui não é fácil, não. Mas vamos buscar outra solução — disse Darci, solidariamente.

Ramalho resolveu conversar com uma pessoa que fazia oposição à gestão daquele presidente, e contou-lhe toda a história. O amigo Neto, como era conhecido, ficou estupefato e decidiu apoiar a iniciativa de Ramalho, prometendo arrumar um carro de som da CUT, a Central Única dos Trabalhadores.

— Caro Ramalho, vou conseguir esse carro de som para você fazer o trabalho. No entanto, não posso me responsabilizar pelo resultado dessa ação, certo? — alertou Neto, a respeito dos possíveis problemas que Ramalho teria com o sindicato.

A polícia vigiava aquele canteiro de obras, além de capangas contratados para agir com violência com quem iniciasse ou incentivasse qualquer tipo de manifestação.

Ramalho estava diante de um difícil desafio e precisaria de muita proteção, calma e, sobretudo, planejamento, caso resolvesse seguir com aquela ação. Pensou, refletiu, tornou a pensar e decidiu:

— Cheguei até aqui, não vou recuar — disse firmemente para o amigo Neto. Aquele desafio fazia parte de seu sonho. Não ia *arredar o pé*, como diz o matuto.

Lembrou-se de sua mãe e orou:

— Deus, meu Deus! Aqui estou mais uma vez para pedir proteção e força. Não me deixe recuar diante dos que nos maltratam. Dá-me energia e coragem para lutar até o último fôlego em benefício do bem comum. Ajuda-me a subir naquele carro e falar com o coração, mas, sobretudo, com inteligência, a fim de conseguir uma boa negociação, favorecendo os nossos companheiros trabalhadores e que, com isso, seja encerrada a greve. Assim seja!

Ao finalizar a oração, Ramalho mentalizou novamente a sua mãe, com carinho e saudade. "Mãe querida, aqui estou procurando realizar o meu sonho de ajudar os meus amigos de profissão a serem respeitados. Sei que, de onde estiver, mãe, a senhora está orando por mim. Dedico essa causa à sua bondade e à sua força, que jamais esquecerei", pensou o filho mais velho de Dona Josefa. Certamente, ela, onde estivesse, estaria orgulhosa. E ele sabia disso.

Ramalho preparou o carro de som, de forma que não fosse possível identificá-lo como tal, e foi para o canteiro de obras acompanhado de alguns colegas. Chegando ao local, pediu para avisar aos trabalhadores que se reunissem com calma e organizadamente, para que tudo ocorresse em plena harmonia, pois ele desejava falar-lhes. Quando estavam todos reunidos pacificamente, ele se posicionou, ajeitou o microfone e começou a falar:

— Meus colegas de profissão e irmãos de luta — gritou Ramalho com força e fé —, aqui estou solidário a todos vocês, que são o braço forte do crescimento de nosso país. Quero que saibam, em primeiro lugar, que há poucas horas submeti-me a ofensas e ameaças para poder estar aqui com vocês e buscar a melhor solução. No entanto, meus caros, eu não podia recuar diante de nossas necessidades de melhorias, reconhecimento e, sobretudo, respeito. Devo confessar, entristecido, que possivelmente seja a primeira e última vez que falo com vocês, visando pleitear junto ao sindicato patronal o que nos é justo por direito. Dessa forma, caso eu não venha mais a falar, saibam que a voz de cada um de vocês – gritou Ramalho apontando para os trabalhadores com forte vibração – ecoa em minha alma, que clama por melhorias por intermédio de minha voz.

O reconhecimento foi total. A manifestação foi o testemunho de que aquela ação foi a mais acertada e decisiva. A liderança daqueles trabalhadores gritou:

– Caso aconteça alguma coisa a você, Ramalho, nós nos reuniremos e vamos invadir a sede do sindicato para arrancar o mal pela raiz. O levantamento das vozes em apoio àquela ameaça foi a maior prova de que Ramalho já tinha conquistado o reconhecimento e apoio daqueles trabalhadores.

Mas Ramalho não deixou que o sentimento de revolta continuasse e gritou:

– Fico muito feliz em contar com o apoio e a força de reconhecimento de cada um dos companheiros, mas devo dizer que a nossa maior potência é a palavra firme ou o grito de força de nossa união em favor de nossas próprias necessidades. Com ordem e equilíbrio vamos fazê-los sentir o peso da força do trabalhador da construção civil de São Paulo. Todavia, precisamos nos organizar com inteligência e fé, força e determinação. E podem ter certeza: *vamos vencer*! – finalizou Ramalho ao som dos gritos de seu nome na voz daqueles trabalhadores.

A repercussão foi significativa. Os trabalhadores reivindicavam 15% – com a força daquela ação organizada e certeira do representante do sindicato, Ramalho, a empresa construtora ofereceu 12%, estabilidade para todos os empregados até o final da obra e abonou os dias parados. Em Assembleia, a contraproposta foi aceita. Ramalho teve êxito em favor de todos e foi capa do Jornal *Diário Popular* de São Paulo, que o mencionou, por engano, como sendo presidente do sindicato. Naquela ocasião, ele era 2º suplente da diretoria, personalidade que tinha conseguido o maior aumento salarial do Plano Collor.

O obstinado Ramalho, o construtor de sonhos realizados, voltou ao sindicato temendo alguma represália, mas não foi o que aconteceu. Daquele momento em diante, ele passou a ser respeitado e sua voz tinha o peso e a credibilidade merecidos.

Dias depois, o presidente, senhor Décio, já em outro tom, o deixou responsável para encontrar soluções para os movimentos grevistas. Missão muito difícil, mas trabalhada inteligentemente por ele, que se acostumou aos desafios, alcançando resultados positivos em favor de todos.

Ramalho era conhecido por sua força de decisão impactante. Alguns ainda não tinham compreendido os seus propósitos planejados, mas, na realidade, ele agia com uma agressividade positiva, gerando resultados igualmente positivos. Assim, o seu potencial foi sendo reconhecido pelos colegas de sindicato, que entenderam a sua força contagiante e eficaz. Além dessa conquista, Ramalho edificou valores reconhecidos também pelos empresários construtores, que tinham agora alguém que lutava acertadamente para o melhor resultado em benefício de todos.

Dessa maneira, seu nome foi se fortalecendo dia após dia e, oito anos depois, em 1998, Ramalho foi eleito presidente do Sindicato dos Trabalhadores nas Indústrias da Construção Civil de São Paulo.

O sonho foi, enfim, realizado. Ramalho criou raízes profundas na vida dos trabalhadores como também na vida dos empresários, que têm nele um aliado na busca das melhores soluções em favor de todos.

O sindicato e a política foram sendo reconstruídos por Ramalho à sua maneira, com determinação e fé. Sonhos que constroem, sonhos que transformam, sonhos que edificam, sonhos que fazem brotar a força da fé nos corações de quem acredita e crê poder vencer. Esse é o seu legado.

Os anos se passaram e Antonio, o Totonho de dona Josefa, aqui e acolá, foi transformando luta em conquistas e fé em obras.

Ainda no mesmo ano em que foi eleito presidente do sindicato, estava sozinho no seu gabinete, em um final de tarde quando o seu pensamento o transportou no tempo e no espaço, como era de costume quando estava em reflexão.

Sentiu-se nos tempos de menino, ao lado de seus irmãos e de sua mãezinha querida. Inesquecíveis recordações que o tempo não apaga, mas que tampouco podem voltar, exceto pela lembrança. Viu-se rapaz no caminho dos sonhos, sonhos que construiu com inocência de matuto do meio do mato, mas com fé, isso sim. Lembrou-se dos derradeiros dias ao lado de sua mãe, mãe que lhe ensinou a construir a base de seus sonhos; viu-se sem ela e ao mesmo tempo ao lado dela. Sonhou acordado tocando-lhe o seu rosto, mas, infelizmente, não conseguia recordar os seus traços fisionômicos. "Por que, Senhor Deus, não consigo lembrar-me do rosto de minha mãe quando ela ainda era jovem?", questionou com tristeza. "Deus, meu Deus! Peço ao Senhor que eu possa recordar seu rosto ainda jovem para que me desfaça dessa outra imagem de sofrimento e dor", pedia, esperançoso, o filho de dona Josefa.

Sempre pedia isso a Deus. Era um sonho que ainda não conseguira realizar. Não tinha sequer uma fotografia dela, dos tempos de sua juventude, da época em que eram crianças, para poder recordar. Nem ele nem seus irmãos possuíam uma simples foto de sua mãe.

Após finalizar os seus pensamentos, Ramalho orou agradecendo.

– Senhor Deus, Pai de santíssima misericórdia, obrigado por tudo, principalmente por alcançar o lugar em que posso, em melhores condições, ajudar a classe a que pertenço e contribuir com o progresso de meu país.

– Dá-me força para fazer o melhor pelo melhor e reconhecer que nada posso sem Vossa permissão. Por isso, meu Deus, ajuda-me a continuar seguindo no caminho da edificação espiritual em favor de meu crescimento e em benefício dos meus semelhantes.

– Faça-me, Senhor, o construtor de meu próprio edifício interior e que nele eu possa abrigar somente o amor e a fé, construindo e reconstruindo a luta em esperança e a esperança em bênçãos, gerando outras bênçãos aqui e no Mais Além para a vitória sem fim.

Após a oração sentida, Ramalho consultou o relógio e ele indicava 18h40. Estava muito cansado naquele dia e resolveu parar mais cedo. Quando chegou à sua casa, após um banho que o relaxou, jantou e se recolheu.

Deitado em sua cama, pensou em tudo ou quase tudo que havia acontecido nos últimos anos de sua vida. Sempre que podia assistia àquelas palestras de quarta-feira, e manteve a esperança de um dia reencontrar aquela que um dia o livrou de um desatino e o encaminhou à espiritualidade.

"Nunca mais sonhei com a Conceição", pensou saudoso. "Por onde será que ela anda?". E assim ele foi pensando, pensando, até que o sono o fez adormecer.

E ele sonhou.

Via-se caminhando pelas ruas sob a proteção de um guarda-chuva. Garoava muito naquela noite e Ramalho seguia sem rumo. Repentinamente ele entra na Rua Itambé e avista o velho mendigo. Havia um banco na calçada sobre o qual ele estava sentado. Ramalho vem andando e, quando alcança o banco, para e senta-se ao lado do pobre homem, que estava todo molhado e encolhido. Suas mãos estavam juntas, enfiadas no meio das pernas. Ele treme de frio.

Ramalho, comovido ao vê-lo naquele estado, cumprimenta-o solícito:

— Boa noite, senhor!

— Boa... — responde o velho com a cabeça baixa.

O velho mendigo parecia indiferente à presença de Ramalho.

— O senhor está bem? — perguntou, interessado.

O velho mendigo das ruas vira-se e responde:

— Hoje terminei meu estágio aqui na Terra e aprendi muito com o próprio sofrimento. Mas não tenha pena de mim, rapaz. Sofro por uma causa justa. Senti, na própria alma, o peso da desilusão e da dor que já causei a milhares de pessoas. — O velho silenciou e ficou pensativo por um momento. Não havia mais aquele brilho em seu olhar.

Ramalho lembrou-se de tudo que havia sonhado a respeito daquele velho mendigo em outra situação e de tudo que vinha aprendendo a respeito da lei de Causa e Efeito nas palestras indicadas por Conceição.

— Mas, se o senhor aprendeu muito com o próprio sofrimento e está consciente disso, por que está tão triste? — questionou Ramalho curioso.

O velho mendigo respondeu:

— Filho, não estou triste, e sim profundamente arrependido. Estou relembrando a minha existência anterior. Quanto desperdício de tempo, quanta ignorância sobre as coisas espirituais e quanta ilusão. Isso me custou uma conta exorbitante para acertar com as leis divinas. E, veja, depois de tanta dor, de tanto sofrer, ainda continuo devedor – explicou o velho, olhando para as mãos. – É por isso que estou aqui pensando. Preciso mudar, não posso perder mais tempo, nem desperdiçar as oportunidades que pela misericórdia de Deus haverei de ter... Ah sim, haverei de ter – disse, balançando a cabeça.

– Entendo... – disse Ramalho.

O velho mendigo virou-se e continuou:

– Você tem idade para ser meu filho. Então, fiquei pensando aqui com meus velhos botões: você está vivendo momento muito importante em sua trajetória de vida, não é mesmo? – perguntou o velho, com expectativa.

– É verdade. Devo dizer que tenho realizado muitos sonhos em meu benefício e agora estou me empenhando em fazer algo de positivo por minha classe, formada por pessoas que trabalham muito e recebem tão pouco, sem benefícios nem qualidade de vida. Por isso, estou nesse caminho para ajudá-los. Aprendi com minha mãe e com minha própria experiência. É o mínimo que eu posso fazer por tudo que Deus me ofertou com sua bondade.

– Bom, isso é muito importante – disse o velho, ficando de pé. – Eu estou indo, mas, antes, queria lhe dizer uma coisa, posso?

– Claro que pode – respondeu Ramalho, levantando-se.

– Você é um homem que aprende fácil e tem procurado fazer coisas boas em favor dos outros. Isso é maravilhoso, preocupar-se com as outras pessoas e fazer algo de positivo por elas. Eu tive essa oportunidade e a desperdicei. Mas não posso queixar-me... Deus tem sido misericordioso comigo oferecendo-me novas oportunidades por meio do próprio sofrimento que nos educa. Acredito que entenda o que estou dizendo, pois você também esteve em um momento muito difícil e, quando pensou que estava acabado, eis que algo aconteceu e você ressurgiu. Está aqui firme e forte, não é mesmo? – perguntou o ancião, com um sorriso no velho rosto vincado.

– Bom, preciso ir mesmo, mas, antes, quero dizer que fiquei muito feliz com o seu gesto naquele dia que me deu o dinheiro. Eu não esqueci, tenho boa memória – fez questão de dizer o velho. – E agradeço agora por ter vindo até aqui se despedir de mim, preocupando-se comigo. Sabe, filho, isso é o sentimento do amor; o maior é o mais profundo bem que o homem tem na Terra e no Céu – disse o velho com entusiasmo. Foi nesse momento que Ramalho percebeu o retorno do brilho em seus olhos.

– Vivi muitos anos pelas ruas frias e tristes, abandonado pelo mundo – continuou o velho. –

Vivi perambulando e senti o desprezo e o repúdio dos que passavam por mim. Era como se eu fosse um pobre bicho sem serventia, pior que o cão abandonado. No entanto, filho, vi pessoas de coração se sensibilizarem ao me ver passar e estenderam as suas mãos para me ofertar um dinheiro ou qualquer coisa que julgavam boa pra mim. Mas elas não sabiam que o melhor que fizeram foi o gesto de amor: por pequenino que tenha sido para elas, para mim foi uma grande bênção. Eram esses momentos que me faziam pensar: sou alguém e preciso continuar, mesmo que em farrapos, porque não consegui outra coisa. Estava relegado a esse sofrimento e hoje compreendo o propósito de Deus para colocar seus filhos no caminho de volta. Só a dor ensina o homem a gemer – disse o pobre homem das ruas.

– É isso, lembre-se sempre: esse sentimento é o maior de todos e nos salva do abismo. Apenas um gesto amoroso e conseguimos mover tudo e todos na direção de Deus.

Ramalho não piscava nem se mexia. O velho colocou a velha mão vincada pelas profundas cicatrizes em seu ombro e concluiu:

– Certa vez, vi e ouvi na televisão de um bar um grande homem de bem dizer: "A vida é construída nos sonhos e concretizada no amor". Jamais me esqueci disso. Acredite nessas palavras e seu caminho terá luz. Deus o abençoe em sua nova jornada. Adeus! – concluiu o velho, virando-se para ir embora. Ramalho acompanhou-o com os olhos até que ele desapareceu de vista.

O relógio despertou e Ramalho preparou-se para um novo dia. Levantou-se e, enquanto trocava de roupas, ia se lembrando, pouco a pouco, do que tinha acontecido na véspera.

Sonho ou realidade? Bem, isso não importava para ele, pois sabia que o mais importante era o ensinamento, o que ficava no coração e na alma. Ele guardava em sua memória os detalhes do encontro.

Após o café em silêncio profundo, Ramalho pegou a sua pasta calmamente e saiu em visita aos canteiros de obras, nos quais tudo começou.

9

MARCAS DA FÉ

"A fé e a razão caminham juntas,
mas a fé vai mais longe."
Santo Agostinho

A vida seguiu célere e Ramalho, pela força do cargo e a necessidade de fortalecer a instituição sindical para a cada dia oferecer melhores condições aos trabalhadores, segue um ritmo mais e mais acelerado.

Corria o ano de 2007 quando Ramalho começou a sentir dores no abdômen. Foi ao médico, que solicitou um exame para entender melhor quais as causas daquelas dores. Naquela época, Ramalho atravessava um ano de eleição no sindicato e a sobrecarga de atividades era muito mais intensa para ele.

"Essas dores devem ser em razão de minha correria mais forte esse ano", pensava ele, procurando justificar o incômodo na região do abdômen.

O pedido da colonoscopia[1] feito pelo médico foi guardado porque Ramalho atribuiu os incômodos às tensões diárias daquele momento.

Certo dia, acordou e lembrou-se de que teve um sonho em que alguém dizia que tinha uma fotografia de sua mãe. No dia seguinte, ligou para a sua irmã Bibia e contou-lhe o sonho.

– Pode deixar, Totonho. Coincidência ou não, estou de passagem marcada para a Paraíba amanhã e vou descobrir se alguém tem uma fotografia dela.

Passaram-se uns trinta dias e Bibia retornou de viagem. Foi visitar Ramalho no sindicato com um presente para ele.

– Totonho, eis aqui um presente pra você – disse Bibia, com alegria.

O presente estava muito bem embalado quando Ramalho o recebeu alegremente.

---

(1) A colonoscopia é um procedimento usado para ver dentro do cólon e do reto. Esse procedimento é usado para procurar por sinais precoces de câncer colo-retal e pode ajudar os médicos no diagnóstico de alterações sem explicação no funcionamento do intestino, dor abdominal, sangramento no ânus e perda de peso. (Nota do editor)

– O que é isso, Bibia?! Não precisava se incomodar em comprar presente pra mim – disse, carinhosamente.

Ele foi desembrulhando o presente e, quando terminou, tomou um susto.

– Minha Nossa Senhora! Essa é nossa mãe? – gritou, atônico.

– Sim, é ela, Totonho. Por que a surpresa? – perguntou Bibia, sem entender direito o que estava acontecendo.

– Meu Deus, ela é a Conceição! – revelou Ramalho, com os olhos cheios de lágrimas.

Os irmãos se abraçaram em pranto. Ramalho não tinha dúvida. Aquela, na fotografia, era a Conceição, que tinha em seu colo ele próprio, o Totonho de dona Josefa. Bibia tinha encontrado uma pessoa ligada à Dona Josefa que guardou essa fotografia. Trouxe-a para São Paulo, restaurou e depois a enquadrou carinhosamente em um porta-retratos. Ramalho colocou-o sobre a sua mesa de trabalho e todos os dias ele faz reverência à mãe.

Grandes mistérios entre o Céu e a Terra envolvem os seres humanos. Ramalho pôde entender, finalmente, depois de tanto tempo, o porquê do desaparecimento de Conceição. "Nada acontece por acaso", dizia ela. "É como se eu fosse uma mãe e visse o seu filho em apuros", lembrou-se Ramalho das explicações dela.

E a vida prosseguiu com todas as atividades da campanha eleitoral. Em março do mesmo ano, 2007, os trabalhadores reelegeram Ramalho pela terceira vez para a presidência do sindicato, com maioria esmagadora: mais de 97% dos votos. É o verdadeiro reconhecimento do trabalho sério que o consagrou. Logo após ser reempossado, no dia 7 de novembro, Ramalho e sua esposa Viviane resolveram passar o feriado do dia 20 de novembro, Dia da Consciência Negra, no interior do Paraná, onde Viviane nasceu.

Assim que chegaram, Ramalho começou a sentir fortes dores na região do abdômen e foi internado às pressas no Hospital de Curitiba. Foi operado da apendicite no mesmo dia. Após a recuperação da cirurgia, sentiu-se melhor. Voltaram para São Paulo, mas os incômodos na região abdominal logo reapareceram. Ramalho tirou da gaveta o pedido para a colonoscopia e foi fazê-la. O exame foi levado para o médico por um portador para ser entendido.

Passados dois dias da entrega do exame, Ramalho foi avisado por sua secretária que estavam na sala quatro médicos que queriam falar com ele. Era 14 de dezembro de 2007, uma sexta-feira que ele não esqueceu.

— Sentem-se, doutores. Pelo que vejo nos semblantes dos senhores, boa notícia é que não é! — foi dizendo Ramalho, empalidecido.

Os médicos se entreolharam em silêncio por uns instantes, enquanto Ramalho continuou:

— Não sou médico, mas, pela cara dos senhores, é câncer, não é? — disse, temendo a confirmação.

Houve um silêncio que foi quebrado penosamente.

— Infelizmente, Ramalho, um câncer — confirmou o médico. — Entretanto, estamos aqui para falar do tratamento, do que vamos fazer para combatê-lo.

— Minha nossa! — exclamou Ramalho. — Então, fui operado no Hospital de Curitiba de uma coisa que não tem nada há ver com essa doença?

— Infelizmente, devo dizer que isso aconteceu — disse o médico.

Ramalho, naquele momento, se sentiu como se tivesse levado um soco no estômago e ido a nocaute. Ficou sem ação por alguns instantes até se recuperar, e disse em tom de brincadeira:

— Bem, doutores, morrer todos nós vamos um dia, não é verdade? Mas penso que morrer dessa doença pode me dar alguma vantagem em relação a uma morte súbita, que não deixa tempo pra nada — disse Ramalho, com a boca quase seca. Os médicos estavam surpresos.

– Então, se é pra morrer, prefiro ter um tempinho. Uns três, quatro ou seis meses de vida, quem sabe? Aí dá tempo de arrumar as coisas, pagar as dívidas... Não estou certo? – finalizou a brincadeira.

– O que é isso, Ramalho?! Não brinque assim. O caso é complicado e vamos lutar.

Imediatamente, veio-lhe à mente a pergunta sagrada: "Onde está a vossa fé?".

Ramalho se recompôs e disse:

– Não se preocupem. Estou consciente dos poderes da fé e tenho convicção de que, para Deus, nada é impossível. Mas, se é para morrer, morro fisicamente, pois minha alma é eterna e continuarei vivo – concluiu, seriamente.

Quatro dias depois, um mês após a primeira cirurgia errada, o obstinado filho de dona Josefa é submetido a uma nova intervenção, dessa vez a correta. Foram retirados o tumor e parte do intestino, que dez meses depois foi reconstituído em nova cirurgia.

Ramalho, com sua fé, ficou no hospital por alguns dias até se recuperar. Passou a usar temporariamente uma bolsa de colostomia colada no abdômen e fez oito meses de quimio e radioterapia.

O tratamento foi longo e exigiu muita fé e oração. Lembrou-se de sua mãe, do martírio por que passou lutando contra um câncer ao qual não resistiu. Recordou-se da vida difícil no sertão da Paraíba e das lutas que travava no enfrentamento das responsabilidades. E assim pensou, refletiu e orou em voz audível, sozinho em seu quarto:

– Nosso Senhor Jesus Cristo, assim minha querida mãezinha o chamava quando estava em oração. Por favor, me acuda. Aqui estou com essa doença que mata sem dó, como fez com minha mãe sem que ninguém conseguisse fazê-la escapar. E ela merecia ter se curado, disso eu não tenho dúvida. Mas, acredito agora, depois de tanto tempo Deus, nosso Pai, dela precisava por lá. Aqui, acredito que eu possa ser mais útil... Mas não quero ser pretensioso, nem me achar merecedor de nada. Acho que meu sonho mal começou e ainda tenho muito que fazer. Mãe querida... Sei que tens créditos com Deus e com Jesus. Peça a Eles que me ajudem, mãe. Mas, seja lá como for, em Tuas mãos, Senhor, coloco minha vida. Seja feita a Vossa vontade e não a minha vontade. Assim seja.

Ramalho orou intensamente com os olhos cheios de lágrimas, que lhes banharam o corpo marcado e dolorido, sentindo a fé ardente percorrer todo o seu organismo, acompanhada pela força espiritual daquela que sempre esteve ao seu lado, aquela que se fez presente de várias maneiras para ajudá-lo por intermédio da fé e do amor.

E, a partir daquele momento, Ramalho já estava curado para continuar construindo e reconstruindo o caminho no qual só por meio da fé ardente os sonhos se tornam realidade e as adversidades são transformadas em bases sólidas que edificam a felicidade sem fim e o amor sem limites, a serviço do Bem Eterno, onde quer que estejamos.

Fim?
Que fim o quê...
Ramalho continua por aí, canteiro afora,
agitando o cimento da fé e construindo sonhos.